春陽文庫

錯乱

池波正太郎

目次

錯乱

1

堀平五郎《ほりへいごろう》手製の将棋の駒は、風変わりなものである。

材も桜だし、形も大ぶりで重み厚みも相当なものだ。

「諸事円満な平五郎なのに、あのようなひねくれたものをこしらえるというのが、どうもわからぬ。一組さし上げるといわれてもろうてはきたが……どうもだいいち、差しにくくてなあ」

などとうわさもされる。

「武骨な手でする細工ゆえ、どうしても、あのようなものにでき上がってしまうので……」

と、平五郎は苦笑していた。

元和《げんな》八年に、藩祖の真田信之《さなだのぶゆき》が、この松代《まつしろ》へ転封してきてから、領内では、とみに囲碁将棋が盛んになった。

信之は、一年まえに家督を一子信政《のぶまさ》にゆずり、城外柴《しば》村へ隠居し、一当斎と号している。かつて徳川家康《いえやす》に従い、京にいたころ、本因坊に先の手合いだったというし、将棋もへたではない信之であった。

そういうわけで藩士のほとんどが棋道をたしなむ。堀平五郎が駒造りの道楽をもっていても別にどうということはあるまい。

平五郎は馬廻りをつとめていて、俸禄《ほうろく》は百石。勤務のうえでは失敗も皆無だがきわだった才能を示すということもない。その点では平凡で目だたぬ男だが、人づきあいは無類であった。上は藩主から下は足軽小者に至るまで、悪意敵意というものの一片をも持たれたことがないといってよい。

逆境にある者へは親切をつくし、成功の人へは祝福を投げかける。

よく肥えたむく犬が日だまりに寝そべっていて、おのれのえさを盗み食いする野良猫を寛容に優しく見守っているような……そんな感じがする堀平五郎なのだ。

「おやじの主膳《しゅぜん》もよくできた男であったが、息子はそれに輪をかけた好人物じゃ」

と、藩の古老たちはいう。

大殿と呼ばれている真田信之も、いたく平五郎が気に入り、時おり、柴村へ呼んで将棋の相手をさせる。

勝負事のうえで、勝っても負けても、平五郎ほど快いあと味を残してくれるものは藩中にもいまい。だれもかも、平五郎と盤を囲むことを好んだ。

明暦四年（西暦一六五八年）一月二十七日のことであったが……。ちょうど平五郎は非番で、庭の一隅《いちぐう》に設けた三坪《つぼ》ほどの狭い離れに朝からこもり、例のごとく将棋の駒を造っていた。

切ったり削ったり、駒に彫り込んだ文字に漆をさしたり、ときどき手を休めてはタバコをくゆらしたり、陽光にまぶしい雪の庭をながめたりして、閑暇を余念なく享受していた。

その日も昼飯の時刻というころになって、静かな雪晴れの城下町が騒然となった。

現藩主の真田内記信政が卒倒したのだ。中風であった。

この知らせを、平五郎は妻の久仁《くに》から受けた。

「一大事にございます。あなた、殿様がついさきほど、御殿のお廊下で……」

緊張した妻の声を背に聞きつつ、細工の手を止めた堀平五郎の目に、異様な、鋭い光が走った。

それも一瞬のことである。久仁へ振り向いたときの平五郎の目は、主君の病状を気づかう動揺に、おろおろとまたたかれていたのだ。

「大事にならぬとよいのだがな、大事に……」

久仁にてつだわせて、登城の身じたくにかかりつつ、平五郎は何度もつぶやいた。

「はい――はい……」

久仁はせわしなく夫の身の回りに働いた。はかまのひもを結びにかかる彼女のむっちりした指が震えていた。

寅之助《とらのすけ》という八歳の息子がいる平五郎と久仁は、まず過不足のない円満な夫婦であった。

真田信政は、卒倒後三日めの夜に、遺言状を娘の於寿々《おすず》へ口述し、二月五日に没した。

信政の死が公式に発表されたのは、死後三日めになってからだ。松代藩の動きは慎重をきわめた。

城下全体が、次にきたるべきものを予測して陰鬱《いんうつ》な緊張に包まれた。

信政が重臣たちに当てた遺書の文面には、ただならぬ焦燥と不安がみなぎっている。信政は、自分の跡を継ぐべき愛児右衛門佐《うえもんのすけ》に、おそるべき魔手がさしのばされるであろうことを予知していたものと思われる。

幕府老中に当てた〔こんど、ふりょにわずらいいたし、あいはてそうろう……〕から始まる書状には、愛児へ家督が無事に許可されるようにと、せつなげな父性の愛をあからさまにして嘆願しているのだ。

信政には長男信就《のぶなり》がいるのだが、これはゆえあって前将軍家光《いえみつ》の勘気を受け、蟄《ちっ》居《きょ》の身なので、家督するわけにはいかない。

あとは右衛門佐がただひとりの男子であった。だが右衛門佐は庶子であるうえに、まだ二歳の幼児にすぎない。自分がこうも早く死ぬとは夢にも考えていなかった信政は、右衛門佐の出生を幕府に届け出ることも怠っていたのだ。当時は制度のうえで、この点がやかましくなかったためもある。それに六十一にもなってからの子どもだけに、信政としてはきまりがわるかったということもあろう。

それはともかく、死の床にある信政を悩ませたのは、分家の沼田を領しているおいの伊賀守信利《いがのかみのぶとし》のことであった。

真田信利《のぶとし》は、信政の亡兄信吉《のぶよし》の妾腹《しょうふく》の子だ。彼は母の慶寿院と利根《とね》郡小川城に住み、五千石の捨て扶持《ぶち》で逆境に甘んじていたのだが、祖父信之の隠居、おじ信政の松代転封によって、一躍、おじの領地三万石を襲うことができたのである。

信利は後年、暗黒政治を行なって取りつぶしを食うはめになったほどだから、虚飾享楽への欲望が熾烈《しれつ》であった。

この暴君型のおいが、自分の死後に、本家の松代十万石をねらって牙をとぎにかかることは、信政のみか、心きいた家老たちの、まず念頭に浮かぶことであった。

なぜなら、伊賀守信利は強力な背景を持っていたからである。

信利の亡父信吉の夫人は酒井忠世《ただよ》の娘だ。

そして、当今「下馬将軍」と称されて幕閣に権勢をふるう老中筆頭の酒井忠清《ただきよ》は、忠世の孫に当たる。だから忠清にとって信利は、義理の従弟《いとこ》ということになるのだ。同時に、忠清は自分の正室の妹を、信利にとつがせている。

信利が酒井の権勢に取り入り、この背景をたいせつにしていることは判然たるものがあった。

将軍あっての大名である。酒井忠清を中心に動く幕府の圧力が加われば、年齢のうえで不利な右衛門佐の家督相続は握りつぶされかねない。

信利自身にしても、幼年であるから無理だという祖父信之のさしずにより、亡父の領地をおじ信政にゆずらざるをえなかったではないか。

しかしけっきょく、信之は本家を信政に与え、分家を成人した信利に渡したのだが、こうした祖父の慎重な配慮を、むしろ信利は恨んでいた。

「おれだとて幼年ゆえにおじへ譲ったのだ。赤子の右衛門佐に代わって、おれが松代を領するになんの不思議がある!」

と、信利は叫んだ。

内記信政は、父信之に対して何の遺言も残していない。本家松代を継がせてもらったのが六十歳になってからだという不満をもち、信政は父信之に反感をつのらせたまま死んでいったのだろう。

「内記め。わしには一言も置いてゆかなんだわい。そういうところがあれの凡庸なところなのじゃ」

信之は柴村の隠居所にあって、寵臣師岡治助《もろおかじすけ》にのみ、にがにがしく、こう漏らした。

治助は柴村から退出して、堀邸を訪れ、このことばを平五郎に告げた。

「なにしろ沼田（信利）は酒井の力を頼んでいる。これに太刀《たち》打ちできるのは大殿のみなのだからな。大殿のお怒りは、もっともなことだと、おれは思う」

治助は嘆息した。

平五郎と治助は、棋道や酒のうえにも仲がよく、屋敷もとなり合っていて妻どうしの交際もこまやかなものがある。

「師岡殿。いまの大殿の胸のうちは、どうなのだろうか？」

「わからん。奥に閉じこもられたままだ。おそらく重臣連中の報告を待っておられるのだろうよ」

と、治助はひょろ長い首を振り振り、

「いずれにしてもだ。あの高齢で、しかもせっかく気楽な御身となられたのに、この騒ぎだ。おいたわしくてならぬよ」

真田信之は今年九十三歳になる。わずかに残る白髪も結びもせずに首へ流し、骨格たくましかった長身の背も丸くなり、くぼんだ細い目には、底深い慈愛が静かにたたえられている。

「こうなると、おれも当分はお相手にも上がれまい。側近《そば》く仕えるおぬしから、大殿のご様子を聞くのを心待ちにしているぞ」

治助の手を握りしめ、平五郎は涙ぐんでいった。

「わかった。平五郎にならなんでも安心して、ぶちまけられるからなあ」

隠居に当たり、信之が柴村への出仕を命じた側近五十名のうちに師岡治助はいたが、平五郎は大半の藩士とともに、新藩主信政に仕えていたのだ。

「そちのような快い男を、わしがひとり占めにしては家中のものがきのどくじゃ」

と、信之は平五郎に漏らした。

将棋の相手をするときには、柴村から城中へ、平五郎呼び出しがかかるのであった。

治助が平五郎を訪れた翌日に、重臣たちの秘密会議が行なわれ、深夜に至った。

平五郎は当番で五ツどきまで城に詰め、交替して退出した。

このところ暖日つづきで、雪は解けている。

保基谷《ほきや》・高遠《たかとお》の山脈のふところにあって、西北に千曲川《ちくま》と善光寺平をのぞむ松代の城下町は、信濃《しなの》でも雪の浅いところだ。

ちょうちんを持って先にたつ仲間《ちゅうげん》と若党にはさまれ、平五郎は大手前の道を紺屋町へ出た。

このとき、突然、小路から現われた酔漢が平五郎に突きあたった。問屋場の博労《ばくろう》らしい。酒臭かった。

「無礼者！」

平五郎は大喝《たいかつ》した。同時に博労は平五郎に胸倉をつかまれ、猛烈に引きずりまわされたあげく、肩にかつがれていやというほど地面にたたきつけられた。

「ギャッ……」

博労は失心した。

（ふだんのだんなさまなら笑ってすまされるところなのだが……）

若党と仲間が、今まで目にしたこともない主人の荒々しい所業にびっくりしていると、平五郎がいった。

「気がたかぶっているのでな……つい手荒くしてしまった」

若党は無理もないと思った。

藩主の死後、城下全体が殺気だっている。

領民にとっても藩主の興廃ひとつで自分たちの生活が良くもなり悪くもなるからだ。過去四十余年にわたる真田信之の善政を誇りに思っている領民たちである。信之の意志をそのまま踏襲している現在の治政が、もし崩れるようなことがあってはと、彼らはおびえきっていた。

深沈たる闇におおわれた城下町からも、こうした空気がひしひしと感じられる。

博労の酔態はたしかに似つかわしくないものであった。

若党と仲間は、重い主人の足音にめいりながら、寒い夜の道を歩んだ。

彼らは、主人平五郎が、博労をこづきまわしていたほんの短い間に、主人の手が懐中から長さ三寸ほどの細い竹筒を出し、これを博労の手に握らせたことなどは、まったく思ってみなかったろう。

その竹筒の中には、何枚もの薄紙に平五郎自筆の細字でしたためられた密書が巻き込まれてあった。

密書を受け取った博労は、老中酒井忠清から、新たに松代へ派遣された密偵《みってい》である。

2

平五郎の父、堀主膳《ほりしゅぜん》も幕府の意を体した酒井家が、真田家へ潜入させた隠密《おんみつ》であった。

主膳は、もと武州忍《おし》の城主阿部侯《あべこう》に仕えていたのだそうだ。浪人中に、武州熊谷《くまがや》を通過した際、たまたま群盗に襲われ、十余人の盗賊どもの右のこぶしをひとり残らず斬《き》り放してこらしめたことがあったという。

酒井家では、わざと遠回しにつてを求めさせ、真田信之の亡妻小松の実家である本多家を通じて、真田家へ仕官させるようにした。元和七年のことである。

翌年、主膳は新婚の妻勢津《せつ》とともに、主人信之の転封に従い、上田から松代へ移った。以来二十余年のうちに夫婦は平五郎とりつの二子をもうけた。主膳は、平五郎が二十四歳の夏に五十八歳で死去した。

平五郎は、家名俸禄《ほうろく》といっしょに、父の秘密の任務をも継承することになった。徳川の譜代大名のうちでも重要な位置をしめ、代々政治の中枢にあって権勢をたくましうしていた酒井家と自分との関係について、主膳はなぜか、平五郎にもくわしく語ろうとしなかった。しかし、

「父が今日生き長らえてあるのは酒井侯あってのことだ。われらが忠節をつくすのは真田家ではなく、酒井家であるということを夢ゆめ忘れるなよ」

と、これだけは生前にくどいほど念を押した。何か深刻な事情があったものらしい。

また主膳は、まえもって周到に息子への教育をほどこしていた。ふたたび日本の国土を戦火に侵させぬためには、徳川将軍の政治が諸国大名のすみずみにまで行きわたらねばならないこと。戦国の世に大名たちが行なった権謀術数がいかに陰惨苛烈《かれつ》なものであったか……。ゆえにこそ、表面は幕府に従属している大名たちの心魂にははかりしれぬものが潜んでいるだろうことを、こんこんと平五郎の頭にたたき込んであった。

父が、十八歳の息子に隠密の任務を伝えたのは、城下東にある奇妙山の山林の中

でであった。

以前から平五郎は父の供をして、よくこの山へシカやイノシシを狩りに来ていた。

「きょうは狩りに来たのではない。今のうちに、ぜひおまえに話しておかねばならぬことがあるのだ」

「なんのことでしょうか？」

父は注意深く息子の表情の動きを見守りながら語りはじめた。

寂静とした雪の山林であった。

たき火の暖かさも、冷えた弁当をほおばることも忘れて、平五郎は緊張に青ざめ、父の声に聞き入った。

「当真田家は、大坂の陣に父昌幸《まさゆき》公、弟幸村《ゆきむら》公を豊臣《とよとみ》がたへ回し、殿は、信之公は冷然と大御所に従った。諸大名のうちでも、ことのほか一族の結集が堅く、骨肉の情も深い真田家であったのにな。これはな、平五。——豊臣か徳川か。どちらが負けても、真田の血が消え絶えぬように、親子兄弟が敵味方に分かれたのかもしれぬ」

その疑惑の芽は、今も幕府にぬぐい切れぬ不安と、恐怖すらいだかせている。家康《いえやす》の没後、信之を実り豊かな上田領内から松代へ転封させたのも、その治政の優秀と財力の蓄積をそぐためであった。このほかにも種々いやがらせをして、幕府は信之の心底を計ろうと試みたが、信之は賢明に冷静に、さからうことなく温順な身の処し方をしてきている。それがまたいっそう、幕府の警戒心をそそるのだ。

主膳は、こうした幕府の微妙な立場にはあまりふれなかったが、こんな挿話《そうわ》を平五郎に語った。

「わしが当家へ仕えるようになった三年ほどまえのことなのだが、殿の家来で馬場某というのが殿から罰を受けたのを恨み、逃亡して殿を幕府に訴え出たことがあったようだ」

「なんのために罰を……？」

「土民の女をだな、酒に酔ってはずかしめたのだ」

主膳は目を閉じ、むしろ口惜しげにいった。

「殿はまず領民のことが第一。次が家来ということでな、そのへんは、まことにりっぱなものだ」

馬場某の訴えというのは、大坂の戦のおりに、信之が豊臣がたの父や弟と気脈を通じていたという例証をあげての訴えであった。幕府は色めきたった。事実はどうでもよい。この機会に口実をつけて真田を取りつぶしてしまえということになり、あらゆる謀略をもって、信之をおとしいれようとかかった。

しかし、どうにもならなかった。信之はビクともしない。密偵を使って裏づけの素材を得ようとしても、その一片だに信之は拾わせてくれなかったのである。老中の詰問にも信之の家老は堂々と答え切り抜けた。なんともしかたがなくなり、幕府は馬場某を追放せざるをえなかった。

信之は、他国へ逃げた馬場某を、巧妙に上田城下へおびき寄せて抹殺《まっさつ》してしまっている。

（そんなことがあったのか……）

と、平五郎はなまつばを何度も飲み込んだ。

「よくよく考えてみい。信之公は父も弟も徳川の手に殺されているのだ。おまえどうだ？――父が他人に殺されたら、その相手の家来になれるか？」

「なれませぬ」

「ふむ。そうであろう。だからな……殿の腹の底は予知しえぬすごみをもっておる。人間というものはな、平五。いかな人間といえども必ず一点のゆだんはあるものだ。公儀があれほどに手をつくしてさぐりを深めても、一毛のすきさえ見いだせなかったというのは……まことに殿は恐ろしいおかただと、わしは思う」

父は絶対的な存在であった。平五郎は忍耐を日常茶飯《さはん》のこととすべく、苛酷《かこく》なまでの訓育を心身に受けていた。陰へ回ってかわいがってくれる母親の愛がなかったら、父を憎悪したことだろう。

父も、母のすることには見て見ないふりをしていたようだ。

「わたしも、わたしの子に、この任務を伝えるのですか?」

「それは酒井侯か幕府の指令によってだ。おまえにもやがて、なんとか指令が来るだろう。とにかくおまえは、真田の臣として妻を迎えればよい」

そして主膳は厳命した。

「きょうのことについては、母や姉にも他言は無用ぞ。よいか!」

積雪の山を下るときに、常になく疲労した平五郎は鉄砲の重さに耐えかねた。苦しげな荒いいきを吐き、冷たい汗が全身に粘りついた。

「疲れたのか？——よし。鉄砲をよこせ」

いつもなら叱咤《しった》する父も、このときばかりは黙然といたわってくれたものである。

姉のりつが本田家の臣へとつぎ、江戸へ去った正保三年の春に、平五郎は、右筆の白川寛之助の娘、久仁と夫婦になった。父主膳が選んだ妻であった。

久仁は、信之の側《そば》近く仕えていた女だ。主膳の目のつけどころにもなるほどとうなずけるものがある。

翌年の夏。主膳は死の床にあって、人払いの後に平五郎を呼び寄せ、

「わしもそうだったが、おまえもそうなるのだ」

「は……？」

「われらの仕事は、一口に隠密というても甲賀伊賀の忍者がすることとはだいぶ違う。術をもって任務を行ない、その成否のいかんにかかわらず、姿を消すということなら、まだ容易なことだ。おまえは何年も、あるいは何十年も敵地にとどまっていなくてはならぬ」

「承知しております」

「口ではいえるがなあ……」

主膳は慈父の感情をむき出しにして、息子を凝視した。平五郎は父の涙を生まれてはじめて見た。

「笑いを絶やすな。どんな人間にも、おまえの人がらを好まれるようにしろ。何事にも出しゃばるなよ。他人のねたみを受けてはならん。どの人間からも胸のうちを打ち明けられるほどの男になりおおせるのだ。よいか……よいなあ」

「はい」

「いささかの失敗もしてはならん。おまえが当家を追われるようなことになったら、父の苦心もうたかたとなる」

鉛色のやせた腕を伸べ、主膳は平五郎の肩をわなわなとつかみ、むしろおどすように、低くいった。

「いかに苦しくとも逃げようと思うな。そう思うたときこそ、おまえの命が絶たれるときだぞ」

「は——」

「うむ……」

主膳はうなずいた。

庭の木立ちからの降るようなセミの声が、息苦しい父子の沈黙の中に浮き上がってきた。

主膳の双眸《そうぼう》が、ぐったりとうるんだ。

「平五郎。そういう人間になることは、せつなくて、それは寂しいものだぞ。覚悟しておけいよ」

3

父が没した年の秋――平五郎が公用で、城下の西二里ほどの矢代宿《やしろじゆく》本陣へ、騎馬で出向いたときのことである。

用を済ませ、彼は単身、帰途についた。

にわか雨にかさも衣服もぬらし、平五郎は馬を急がせた。

妻女山の山すそを岩野村付近まで来たとき、平五郎は、街道《かいどう》に沿った疎林のあたりに人のうなり声を聞いた。

「……？」

街道の左は千曲川だ。かなたにひろがる善光寺平の耕地も夕やみに飲まれようとしている。人けはまったくなかった。

「だれだ？　何をしている？」

ホウの木の下に旅の僧がうずくまっていた。老人らしい。

「ケガでもしたか？」

と、平五郎は馬上から声をかけた。

「む……は、腹をいためましてござる」

僧は、とぎれとぎれに答えた。

下馬した平五郎は印籠《いんろう》をはずして、旅僧に近寄った。

「薬をあげよう。さ……」

平五郎が僧の肩に手をかけたとき、かさをかぶったまま、ゆっくりとこちらを見上げた老僧が、かねて亡父主膳から教えられていた合いことばをささやいたのには、さすがの平五郎も、ぎょっとした。

僧は、次に銅製の小さな矢立てを出して見せた。墨つぼの頂点にカタツムリの図が彫ってある。これも亡父の指示と相違はない。

旅僧は、酒井家と平五郎との連絡とともに、平五郎監視の任務をも帯びているわけだ。

「遺漏なくおつとめか？」

旅僧は口を寄せてきいた。息が生ぐさかった。平五郎はうなずいた。

僧は、かなり長い間、平五郎を注視していた。死魚の目のようにぶ気味でいて、しかも鋭い目であった。

以来――この旅僧以外の何人もの密偵と、平五郎は交渉をもつことになる。

連絡はいつも向こうから来た。彼らの出没は巧妙をきわめた。

新規召しかかえになった侍や、城下へ流れ込む商人、旅人、渡り仲間にまで平五郎は気を許せなかった。いつどこで、酒井の密偵が自分を監視しているかしれたものではない。

円満謙虚、しかも凡庸な人格を装うことに寸秒の怠りも許されぬ堀平五郎の人生が始まった。これは孤独の挑戦《ちょうせん》に、ただひとり立ち向かうということであった。

やがて母が没した。

母はいったい、父の秘密を知っていたのだろうか。知っていたようでもあるし、知らぬようでもあった。父が浪人中にとついだ母の勢津は、その素姓についても多く語らず、平五郎もまた尋ねようとはしなかった。

母子の間には一種不思議な黙契がかもされていたようである。

そのうちに、これという理由もなく、平五郎は将棋の駒造りに熱中するようになっていた。

彼の造った駒は、わずかに今も残っている。ぶ細工ながら実にたんねんなもので、彫り込んだ文字にも制作者の愛情がにじんでいる。駒の表面が、ややふくらみを帯びているのも味わいがある。

平五郎の碁将棋への素養は亡父から仕込まれた。棋道盛んな松代の藩士のみか、城下の豪商たちのうちからも情報を得るための手段の一つであった。

しかし平五郎は、たった一つ自分に許されたこの道の興趣をひそかに楽しんだ。駒造りを始めたのは深慮遠謀があってのことではない。

ひとり黙々と細工に興じているときこそ、彼はすべてを駒に託し、楽々と無心になれたのであろうか。

歳月は流れた。平五郎は隠密の鉄のよろいを着つづけ偽装に耐えることに慣れた。孤独な身心の鬱積《うっせき》をも無意識のうちに、これを習慣と化し、順応する術を体得した。

「五年だな。五年たてば苦しみもときには紛れてくれよう。それまでにおまえが失策をしでかさなければ、むしろ新たな喜びをさえ得ることができるであろう」

亡父のこのことばを、平五郎は想起した。

少年のころ、父に「武士の心得だ」といわれて、十日の絶食を強要されたり、太ももに発したできものも平五郎自身の手に小柄《こづか》を握らせ、「自分でやってみよ。やれい！」と切開させられたこともある。あぶら汗をしたたらせつつ、まだ前髪の息子が両手を血うみだらけにして、おのが皮を、肉を切り裂いている姿を、父は冷然と見守っていたものだ。

こうした亡父の訓育は、年ごとに実っていった。

政治に経済に、真田家の全貌《ぜんぼう》が徐々に平五郎の前へ姿を現わしてくるのである。

わが探偵《たんてい》によって未知の世界をつかみとっていくという刺激は、平五郎に歓喜の戦慄《せんりつ》をすら与えてくれた。

平五郎は妻の久仁に、けっして気を許さなかったが、だからといって彼女を愛さなかったわけではない。久仁に与える愛撫《あいぶ》の手は、信之気に入りの侍女だった久仁を通じて、信之の私生活や、彼女が見聞した御殿での記憶をたぐり寄せるために働いたけれども、同時に、甘やかな女を開花した久仁の愛情を受け、これを彼女へ返すのに、平五郎はやぶさかではなかった。

表裏二面を合わせ持った夫婦生活が、それゆえに円満でないということにはなるまい。環境や立場の違いはあっても夫婦というものの本性に変わりはないのだ。平五郎が内蔵している秘密も、夫婦という、見ようによっては単純な人間関係にあって、別に支障とはならなかったようである。それと同じに、一子寅之助《とらのすけ》に対して、平五郎は温厚な、よき父親であったのだ。

平五郎が密偵に託して酒井忠清に送った報告書が、幕府や酒井にどんな影響を与えたかは、もとより平五郎の知るところではない。だが平五郎はいまさらながら、真田伊豆守信之という大名に驚嘆せざるをえなかった。大名勢力の減殺を常にねらっている幕府がつけ入る一点の間隙《かんげき》もなかった。

寛永のころに、酒井忠清の祖父忠世が「真田家の兵法はいかに?」と尋ねたところ、

「家来領民をふびんに思い、万事に礼儀正しくあることが兵法の要領だと心得ます。士卒も領民も下知命令ばかりでは励まぬものゆえ、金銀を快くつかわしたうえでの下知命令でなくてはなりませぬ」

と応じた信之の治政は、このことばのままに、藩士と領民の結束愛慕を得ている。

信之は質素で厳然たるみずからの日常を、けっしてくずそうとはしなかった。信之が一個の人間としての欲求や本能を拒否し、治政に立ち向かっている姿は、立場こそ違えわが身とひきくらべて、平五郎に共感を呼ぶ。共感は愛情に連係する。

(父と弟を滅ぼした権力に追従しつつ、なおも領国と人心の興隆に力をかたむけているということは……。その底に潜むものがないと言い切れるか!)

懸命に、平五郎は、天下動乱を策している武将として信之を見ることに努めた。

島原の反乱のこともある。慶安四年に発覚した由比正雪《ゆいしょうせつ》の倒幕陰謀事件は、まだ記

憶になまなましかった。

真田信之が上田から松代へひそかに運んだ金は二十余万両といわれている。これは亡父の調査によってはっきりしていたが、平五郎は、このばく大な数字をはるかに上回るものが隠されていることを感得していた。これが明確となったとき、信利を擁して真田家にくちばしを入れようとする酒井忠清の意思は、さらにかき立てられるだろう。

平五郎は事実の裏づけに熱中した。点々たる情報をない合わせ、一つの網にまとめていく苦労は、隠密としての誇りに密接している。

（いまに見ておれ。殿もおれにはかぶとを脱ぐことになるのだ）

毛ほどのゆだんも見せようとはしない信之だけに、平五郎の闘志は倍加した。

隠密がもつ不可解な情熱を、ようやく平五郎は身につけたようだ。

真田信政が、松代の領主になると、すぐに酒井から指令が来た。右衛門佐の出生について調べよというのである。

真田家からの出生届け出はなくとも、酒井が、これくらいのことを探知するに手間暇はいらなかった。

右衛門佐の母は、江戸藩邸につとめる高橋某の女ということになっているが、あまりに信政が老齢なので疑惑をもたれたらしい。

わざと長男信就の勘気を解かず、ゆくゆくは信政の跡目を沼田の信利に獲得させようと考えている酒井忠清だ。おいの信利をいとう信政の心事を推測して疑いをもったのもうなずけることであった。

(ではだれの子か、右衛門佐は……?)

信政の死は、酒井からの急激な督促を平五郎にもたらしたのである。

明暦四年二月十三日——信政の死後五日めとなり、信政に従って来た沼田派と、信之の家来であった松代派との協議がようやく成立した。両派の家老大熊正左衛門《おおくましょうざえもん》、小山田采女《おやまだうねめ》ほか五名の重臣が、柴村の隠居所へ報告におもむいた。

すなわち、真田家存続のためには、信政の遺言どおり、右衛門佐をもって、跡目相続をさせるべきであるとの結論に達したからだ。

暴君型の信利に松代十万石をゆだねるには、沼田派といえども二の足を踏んだわけだ。

こうなると幕府に対して、まだにらみがきく隠居信之が頼みの綱であった。重臣たちは、父信之へ遺言すら残していかなかった信政を、むしろ恨めしく思った。

ちなみに、信之の隠居願いは過去十余年にわたって幕府から突き返されている。〔伊豆守は天下の飾りであるから隠退はまだ早い〕などとおだててきてはいるが、その真意はどんなものであったろうか。

信之は、家老たちの決意を聞くと、

「ふむ……そこまで、おぬしたちは心をまとめ合うたか」

と、一同を見回し、満足そうにうなずいた。

「こういうときには、えて私情にかられ、くだらぬメンツにとらわれて力がこなごなに分かれ、騒動を引き起こす因をなすものじゃが……さすがに、おぬしたちじゃ」

沼田派といい松代派といい、昔はいずれも、信之が手塩にかけた家来たちである。

息信政が松代へ来て以来、何かにつけて両派の反目が、政治のうえにも習慣行事のうえにもあったものだが、家の大事ともあれば、ともかくも力を合わせ、至難な右衛門佐を押し立てようと決議しえたということが、老いた信之にはうれしかった。息子への不快感さえも信之は忘れた。

信之は、すぐに酒井忠清はじめ四人の老中へ

〔信政今度不慮にあい果て申しそうろう。せがれ右衛門佐幼少にござそうらえども、跡式の儀、仰せつけられそうろうよう、おのおのさまへ願い上げたてまつりそうろう……〕

と書状をしたため、同時に親類に当たる内藤、高力の両家へも尽力を請うための依頼状を書き、加えて江戸家老の木村土佐へ家督相続許可にこぎつけるための運動を指示した。出費は惜しむなというのである。

信之の命を受けて、小山田采女をふくめた五人の使者が松代を立ったのは十五日の未明であった。

一行は十九日に江戸着。藩邸で打ち合わせを済ますと、すぐに、信之の外孫に当たる肥前島原の城主、高力左近《さこん》太夫《だゆう》隆長《たかなが》邸へおもむき、信之の書状を渡し、協力を請願した。

高力隆長は言を左右にして、五人の使者に会おうとはしなかった。すでに沼田か

らも酒井忠清からも手が打たれていたのである。

四日間にわたり、多大な贈り物を携えて面会を請うたが、そっけなく玄関払いを食うばかりだ。

(さては……)

使者たちも藩邸も色めきわたったが、ともかく岩城平《いわきたいら》の城主、内藤帯刀《ないとうたてわき》の協力を請うことになった。帯刀の三男政亮《まさあき》の夫人は信之の孫だ。

帯刀は信之崇拝者だから、二言はない。すぐに高力邸へ駆けつけてくれた。高力隆長もこんどは面会を拒否するわけにはいかない。出ることは出てきたが、

「わたしはどこまでも、松代は真田信利の相続するのが正当と存ずる」

と突っ放してにべもなかった。

老中へ提出した書状の返事として、酒井忠清の臣、矢島九太夫《やじまくだゆう》が松代へ到着したのは、三月四日である。

その酒井の返事には——自分としては伊賀守信利に相続させるのが真田家にとっていちばんよいことだと考えている。しかし、そちらから右衛門佐をという願いも出たことであるし、いちおうは、その願いも聞き届けられるであろう。とはいうも

ののいっさいは上様の決定によることだから、そのつもりでいていただきたい——という意味のものであった。中途半端な回りくどい文面である。だが、よく見ると酒井の決意は牢固《ろうこ》としていることが看取された。もめるだけもめさせ、あとは将軍の名をもって酒井が好き自由な裁断を下せばよいのだ。

将軍家家綱《いえつな》は宣下してまもない。年も若い。幕政は酒井が掌握している。内心は信之に好意を持つ老中や大名にも、酒井は懐柔の手を回しているにちがいなかった。

この書状を一読するや、信之も、

「こりゃ、いかぬわ」

珍しく憂悶《ゆうもん》の体を見せた。

「この年になって、まだこのようなめんどうにかかわりあうのか。もう何もかもめんどうじゃ。わしは京へ逃げる。小さな隠れ家でも買うて、ひとりのうのうと暮らしたい。あとはどうにもよいようになれ」

信之もうんざりしたようである。

老いた肉体に張りつめていた根気も一度にくずれかかったようであった。

「なりませぬ。ここで大殿にお手をひかれましては、日本一の領国にしてみせようと、大殿が生涯《しょうがい》をおかけあそばした真田十万石のすべては、みすみす酒井のえじきになるばかりでございます。なにとぞ最後の最後まで、お力をつくしていただきたく……」

重臣たちは懸命に請願し、諫止《かんし》した。

信之も、ようやく気を持ち直し、ふたたび老中に当て懇願の書状を発することになった。

これもまた酒井の無言の威圧を解きえず、矢島九太夫は酒井からの目付けとして伊勢町の御使者屋に逗留《とうりゅう》し、正式の監視の役目についた。

九太夫と堀平五郎との間に、連絡がつくようになったことはもちろんである。

4

矢島九太夫が松代へ到着して十日めの午後のことである。

しばらく姿を見せなかった紺屋町の市兵衛が、堀邸を訪れてきた。市兵衛は五年まえから松代城下へ住みつき、漆塗りを職にしている中年男だ。

「もうそろそろご入用のころではないかと存じまして――」

と、市兵衛はいつものように庭から回って、離れへやって来ると、漆を詰めた容器をぬれ縁に置いた。平五郎が駒に彫った文字に差す漆であった。

「それどころではない。おまえも知ってのとおりなのだからな」

引きこもって読書でもしていたらしい平五郎は鼻毛を引き抜きながら、沈痛に答える。

市兵衛はぬたりと笑った。

その笑いようが不快であった。常の市兵衛にはなかった不遜《ふそん》なものがある。

「何がおかしい？」

市兵衛は黙って空を仰いだ。

土べいのかなたに遠く山頂をのぞかせている皆神山の山はだにも、おそい信濃の春がにおいたってきているようであった。

好晴のつづく空を、鳥が北国へ帰っていくのが毎日のように見られた。

「久しぶりでお相手がかないませぬか？」

腐れかかったミカンに油でもなすったような、毛穴の浮いたあぶらこい大きな顔を振り向け、市兵衛がいった。市兵衛も将棋は巧者である。来れば盤に向かい合うのが習慣となっていた。

なんとなく割り切れぬ思いに惑いながら、平五郎は

「やってもよいが……」

と答えた。市兵衛は一礼してへやへ上がり、盤と駒を運びだしてきた。

久仁が茶を運んできて、すぐに去った。

早春の日ざしが森閑と庭に満ちている。

ふたりは駒を並べはじめた。並べながら、市兵衛が何かつぶやいた。平五郎は、わが耳を疑った。

「……？」

うつむいたまま、もう一度、市兵衛は同じことばをつぶやいた。連絡の密偵と平五郎がかわす合いことばであった。

市兵衛はいつの間にか、例のカタツムリの矢立てを盤上に突き出して見せ、

すーっとしまい込んだ。

（あ!!）

突発的な連絡に慣れきっていたはずの平五郎も、このときは寒けがした。

（五年間も、おれはこいつに見張られていたのか……）

口惜しかった。つき上げてくる激怒を押えきれなかった。平五郎は、体を伸ばし、いきなり盤越しに、市兵衛のほおを張りなぐった。

「や……」

市兵衛は上体をぐらつかせたが、別におころうともせず、また顔を伏せて、

「このたび、目付けとして当地に逗留中の矢島九太夫様とあなたとの連絡をつとめることになりました」

と、声にも乱れなくささやいた。

「む……」

さすがに酒井忠清だと、平五郎は思った。

平五郎は、酒井の権力というものに、このときはじめて激しい嫌悪《けんお》をおぼえた。

裏の竹林のあたりで、子どものかん高い気合いが聞こえた。

ひとり息子の寅之助だ。若党を相手に木刀でも振ってあばれているのだろう。

市兵衛が駒を進めてきた。平五郎も応じた。平五郎は市兵衛を、まだにらんでいた。

五年も市兵衛にだまされつづけてきたことへの恥辱にいたたまれない気がした。

(寅だけは……寅之助だけは、おのれの跡を継がせたくない!!)

今までも時おりはばくぜんと考えていたことだが、きょうというきょうは、平五郎も暗澹《あんたん》となった。

隠密としての忍従、苦痛はともかく、その人生のいっさいが権力の命ずるままに動かなくてはならないことを、いまやまざまざと見せつけられた思いがする。

(秘命を子に伝えよ)

との指令は、まだ来ていない。しかし自分と亡父とのことに照合してみると、寅之助にもそろそろ宿命の訪問がやって来そうに思える。

(そのときがきたら、おれはどうする! おれにはとうてい、父のまねはできぬ。こんな忌まわしい思いをさせるくらいなら、親子三人、他国へ逃亡してもよいわ)

平五郎は勃然《ぼつぜん》たる怒りを懸命に耐えた。

他国へ逃げようとする第一歩を踏み出したが最後、親子三人の命が酒井の刺客によって絶たれることは、だれよりもよく平五郎自身が知っている。平五郎は駒を進めるのもうわのそらで、苦悶《くもん》した。そして、その苦悶の体さえも市兵衛にさとられることは危険なのである。

やがて市兵衛は、矢島九太夫からの指令と一冊の棋譜とを置いて堀邸を辞した。指令はまえもって命ぜられていた右衛門佐出生の事実を早急に確めるべく努力せよというものであった。

棋譜は一種の暗号解読書である。これから市兵衛と会うたびに、彼のさす駒の持ち方、進め方――または盤の側面をたたく駒音の数によって「可」「不可」「時刻」「場所」などや、要領を得た会話すらも可能な仕組みになっている。

その夜――平五郎は、暗号のすべてを薄紙に写しとり、これを、覚え書き隠匿のために細工した将棋盤の足の内へ隠し込んだ。

棋譜は焼き捨てた。

春も過ぎ、初夏の日の輝きが善光寺平の耕地に働く農民たちの田植え歌を誘う季節となった。

事態は膠着《こうちゃく》状態のまま、好転しなかった。

幕府との交渉は、酒井忠清によって巧妙にはばまれた。

家督の願書は「いずれ上様のごさたあるまで——」という名目のもとに、酒井が握っている。

酒井は平五郎の報告を待っているのだ。

右衛門佐の母は、出産後の養生に遺漏あって病没したということになっているが、それも怪しいといえないことはない。

江戸の真田藩邸へ潜入している酒井の密偵が集めた情報によると、どうやら右衛門佐は信政の長男信就が、その侍女に生ませたものだという線が浮かんできたものらしい。

それがほんとうなら右衛門佐は信政の孫というわけだ。おいの信利をきらい、孫を息子に仕立て上げ、これに松代を継がせようと計ったのならば、真田家が将軍をだましたことになる。酒井にとっても、右衛門佐相続をはねつける名目がじゅうぶんに立つわけであった。

しかし、これは人々の口のはにのぼるうわさをかき集めたものだ。確固たる証拠にはならない。

平五郎も、奥向きの女たちや、師岡治助などに周到な探りを入れてみたが、これという収穫を得ることができない。

右衛門佐は江戸にいた。信就は松代城内二の丸御殿奥の居室に住み、日夜、悠然《ゆうぜん》と詩作にふけっている。当年二十五歳だが、おしのように無口で芸術家はだの男であった。変人といってもよい。そんな信就だから、前将軍に目通りした際の態度でもとがめられ、勘気をこうむったのであろう。

まさかに信就の前へ出て

「あなた様は右衛門佐様の父君ではございませんか」

ときくわけにもいかない。

平五郎もあせってきた。

けれども、いざとなれば酒井も強引に手を下すにちがいなかった。

「伊賀守信利をもって家督させせよ」

と、将軍の名をもって命ずればよいのである。

そうなれば、しかしめんどうなことはめんどうであった。酒井の出方を待ち構えている真田家のものが、はなはだ尋常でない覚悟を決めて、酒井の出方を待ち構えていることは、酒井も平五郎の報告によって承知している。

なるべくならば騒乱を避け、自分の政治力によって、無事に信利を松代の領主にさせたい。

信之の蓄財数十万両を合わせ持つ松代藩を、わが手のごとく自由になる信利に与えることは、酒井忠清にとっても行き先が楽しみなことになる。

こうして双方は、にらみ合ったままになった。

端午《たんご》の行事も忘れ果てたほど、城下町は沈痛なふんい気に支配されていた。

「毎年、田植えどきになりますと、大殿さまは角矢倉《かどやぐら》へおのぼりなされ、千曲川のかなたからゆったり流れてくる田植え歌を、じいっといつまでも、床几《しょうぎ》におかけあそばしたまま、それはうれしげにお耳をかたむけてございましたのに……ことしは百姓たちも田植え歌さえ口にせぬそうで……大殿さまも、どんなにお寂しくお思いあそばすことか……」

久仁は、平五郎に嘆いた。

柴村の丘の上の隠居所は、敷地二千坪《つぼ》ほどのものだが、信之は、老軀《ろうく》を、その奥深く隠して沈黙に徹している。政治向きのことは重臣たちに任せ切っているようであった。

公務は渋滞なく行なわれた。領民が迷惑するようなことはけっして起きなかったが、かなりの暗闘もくり返された。

故信政が沼田から引き連れて来た家来のうちには、信利の勝利をそろばんにはじいて、去就を決めかねている者も多い。

また、早くも沼田から松代へ移るおりに、信利派と気脈を通じ、まえまえから松代の動静を沼田へ密告していた者もある。

こうした連中を除き、藩士の約三分の二が、数回にわたる評定の結果、血判連署の誓いをたてた。

「女子どもにも明かしてよいとの、重役がたの仰せだから、おまえに話すのだが……」

平五郎は、最後の評定が終わって帰宅した夜に、寝間へ入ってから、久仁へいった。

「右衛門佐様家督が許されぬ場合は、伊賀様（信利）が乗り込まれても……または取りつぶしにあうても、どちらにしても連判状に名をしるしたものは御公儀に反抗して訴訟を起こし、聞き入れられぬときは、城中において、切腹と決まった」

「あなたも、その連判に……」

「むろん加わった」

夫婦は、互いに、互いの面に動きひらめくものを読みとろうとしたが、効果はなかった。

夫婦とも、紙のような表情をくずそうとはしなかった。

（思ったよりも芯の強い女だ）

純粋な真田の家臣だったら、平五郎も妻を誇りに思ったことだろう。

しかし、このときの平五郎の胸裏は、悲哀の針に刺し貫かれた。

久仁は久仁でまた、正義と忠節に泰然と殉じようとしている夫だと信じていた。

それだけに女ごころを悲しくたかぶらせたものか……。

近ごろめっきりと、四肢に肉の満ちた久仁は、その夜の平五郎の愛撫に、激しくこたえた。

5

ものうい灰色の雨が城下町にけむる明け暮れとなった。

分家の沼田から伊賀守信利の使者、中沢主水《もんど》が松代へ来たのは、旧暦五月十二日である。

主水は柴村の隠居所へ伺候した。

信之は、侍臣玉川左門をもって応接せしめた。

「近々、御老中酒井雅楽頭《うたのかみ》より書状が到着のことと思いますが……」

と主水は、主人伊賀守からのことばであるから、よくお聞きとりのうえ、ご老公へお伝え願いたいと前置きして、とうとうとのべたてた。

口頭による伝言である。信之に対して、こうした非礼をあえて犯す信利や主水に、玉川左門は憤懣《ふんまん》やる方なかったが、聞くだけは聞いた。

信之の老齢に見きわめをつけきっていることが、こうした分家の高圧的な態度を誘因するのであろう。左門は怒りの悲しさに耐えた。

「公儀の意向は、すでに自分を推挙することに一決した。よって、そちらのほうもその心得をもって自分に協力すべきである。もし従わぬとあれば、後になってほぞをかむことになろう」

といってきたのだ。

左門はけいべつの視線を主水に射つけた。

「ご老公のご返事が必要でござるのか」

「申すまでもないこと——」

と、主水は胸を張る。

奥へ入った左門は、ふたたび使者の間へもどり、

「ご老公のおことばでござる」

「は——」

立ちはだかったままの左門に、しかたなく主水も頭を下げた。

「伊豆守信之を中心に結び合うた真田の心骨は、沼田のもののすべてが承知のはずである。右衛門佐家督の儀は微少の変動もなし、とのことでござる」

「むだでござるぞ。伊賀様家督ともなれば万事円満に、家もつぶれず、ただひとりの浪人も出すことなく、伊賀様に受け継がれるのでござる。ここをよく、もう一度お考え……」

「むだじゃ！」

と左門も、きっぱりと押しかぶせた。

憤然と中沢主水が沼田へ引き上げた翌日に、江戸から使者が飛来した。信之派の親類、内藤帯刀の使者であった。

帯刀の書状には、絶望的な観測がしるされていたものとみえる。

この際、信之の力を全面的にそぎとり、松代を信利のものにしておいたほうが、公儀政道にとって安全だという酒井忠清の説得を老中が受けいれ、あとは将軍の名をもっての裁決が下るところまで来たものらしい。

由比正雪の反乱事件が起こってからわずか七年ほどしかたっていない。それだけに幕府も、一騒動覚悟で断を下そうと腹を決めた酒井の説得を了解したのだろう。

この内意を知った〔沼田〕が高飛車に言いつのってきたわけもなるほどわかる。

信之は書状を一読し、控えていた師岡治助にいった。

「この書状によれば、もう見込みはない。内藤帯刀も弱気になったぞよ。ふふふ……この際、熟考のうえ、万全の処置をとられたいというてきておる」

「に、憎むべき酒井の専横……」

「待て。これは酒井が、わしをおどしにかかっておるのじゃ。松代のものが城をまくらに腹切って、是非を天下に問うということになれば、酒井も天下の政事を預かるものとして、不信の箔《はく》を押されかねまい。じゃからな、酒井が立つときは……」

信之は口をつぐみ、瞑目《めいもく》した。

九十三歳には見えぬ血色と皮膚の張りが自慢だった面貌も、近ごろはやつれて、両まぶたのしわは重く、くまが浮いている。

「酒井が立つときは、わしをたたきつぶす道具のそろう見込みがなくなったときじゃ。まだ少しは間があろう」

「なれど、このままでは……」

信之の居室は、書院そばの階段を上がった中二階ふうのものである。

けさから珍しく雨が跡絶《とだ》え、速い雨あしのすきまから薄日もこぼれてくる午後であった。

あけ放った窓から、庭のクリの木が穂状の白い小花をふさふさとつけて、室内の主従ふたりをのぞき込んでいる。

信之は、いつまでも、このクリの花に沈思のひとみを漂わせていた。

そのうちに、信之の面がみるみる血の色をのぼらせてくるのが、治助にもわかった。

信之が振り向いた。治助は主人のことばを待ち構えた。

「どちらにしても、どんづまりじゃ。思いきってやるかの……やってみるよりしかたがなかろう」

そして信之は、こんなことをするのは好まぬのだが、と吐き捨てるように、つけ加えた。

堀平五郎に信之の呼び出しがかかったのは、その翌朝である。

平五郎は、数ヵ月ぶりに柴村へ伺候した。

居間の炉には火が燃えていた。

外は、またも霖雨《りんう》である。

「梅雨《つゆ》どきは冷えての」

信之は手を炉にかざして、

「しばらくじゃったの。女房子どもに変わりないか」

「は——おかげをもちまして——」

「大きうなったろうの。ほれ、なんとか申したな、クマとかトラとか……」

「寅之助めにございますか?」

「おうおう。そうじゃった、寅之助……」

「わんぱくの盛りでございまして——」

「子どものうちが花じゃ。わしを見よ、平五郎——十四のころにはよろいを着せられ、戦場に突き出され、いやおうもなく血のにおいをかがねばならなかったものじゃ——それより八十年。家を守ることのみに心身をいためつづけて、ようやく楽隠居の、ほんの二年か三年を冥土《めいど》へのみやげにすることを得たと思うたとたんに、この騒ぎじゃ」

面を伏せたまま、平五郎は、信之の深い吐息を聞いた。

(大殿も、急に弱くなられたな)

この分なら、右衛門佐の一件は別にしても、もうしばらくねばって、酒井がおどしたりすかしたりして説得すれば、案外に、信之の翻意が実現し、信之の力により藩論も治まるところへ治まるのではないか——と、平五郎は考えた。

「きょう、そちを呼んだのはな……」

「はい？」

「うむ……まあ、よい」

「何事でございましょうか？」

なぜか、信之は、ためらった。

「まあ、よい。ともかく久しぶりに相手いたせ」

平五郎は、自分が献上した例の駒と盤を信之の前に運んだ。夕刻になるまでに三局ほど戦った。

常になく、せかせかと駒を進める信之であった。平五郎は二局を勝った。

信之に将棋を楽しむ余裕のあろうはずがない。苦労をまぎらわすための将棋なのか……。

その間に、二度ほど、信之が何か言いかけてはちゅうちょするのが、平五郎には気になった。

日が暮れ、酒肴《しゅこう》が出た。

妻子への引き出物までもらい、さて平五郎が退出しようというときになって、信之が、

「待て!!」

思い余った果ての決意をこめて呼び止めた。

信之は人払いをした。廊下に見張りまで置いた。ただごとではない。

「平五郎。そちにやってもらおう」

「は――」

「この隠居所に仕えるものをやっては、かえって目に立つ。そちがよい。将棋の相手に呼んだのだが、そちの顔を見て心が決まった」

「何事でございましょうか?」

「寄れ!」

「はッ」

膝行《しっこう》すると、信之が口を寄せた。

「右衛門佐はな……実は、ありゃ信政の子ではない。信就の子なのじゃ」

(そうだったのか、やはり……しかしなぜ、おれに、こんな重大事を打ち明けるのだ)

平五郎の頭脳は目まぐるしく回転を始めた。

「右衛門佐を産んだ女は、まだ生きておるのじゃ」

「なんと仰せられまする」

「公儀の目がうるさいので、わしが隠してある。知っているのは、今のところ、わしと師岡治助。それに、そちだけじゃ」

「は……」

「目付けの矢島九太夫をはじめ、沼田へ内応している者どもや、城下へ入り込む隠密どもが蠢動《しゅんどう》するので、わしもおちおち眠れぬのだ。この秘密を酒井に握られたなら、もうどうにもならぬわ。こうなってはふびんじゃが、その女の命、断つよりしかたがないと思う」

鋭く、平五郎は信之を見た。この場合、どんなに切迫した目の色になっても不自然ではない。平五郎は懸命に、信之の意中を探った。疑うべきものは何もないようであった。

信之は、なおもすがりつかんばかりに平五郎にいった。

「やってくれるか?……そちならばだれにも気づかれまい」

なるほど、凡庸円満な平五郎が城下を出ても怪しまれない。連判状に加わった者の中にさえ沼田への内応者が五人はいる。この連中が間断なく隠居所の動向を見張っているのだ。

たとえば、師岡治助や玉川左門が、この役目を果たしに行けば必ず感づかれてしまうだろう。漆塗り市兵衛の言によれば、

「信政急死以来、隠居所のみか、重臣のひとりひとりにまで、われらの網の目から漏れぬよう手配がととのっている」

のだという。

「平五郎、命に替えましても……」

「おお。やってくれるか」

「はッ」

たのもしく引き受け、平五郎は退出した。

右衛門佐を産んだ侍女は、下女下男四人に守られ、城下から東北五里余の、小河《おが》

原《わら》というところに設けられた隠宅に潜み住んでいるという。

これを下女下男もろともに殺害せよというのが、信之の命令であった。

「屋敷へもどるな。そのまま立てよ」

信之の指示である。平五郎は、すぐに城下を出た。すでに深更であった。

途中ではかまを脱ぎ、しりをはしょり、雨ガッパにすげがさという いでたちとなった。

(おれが二十年をかけてつかみとった秘宝を、右から左へ、むざむざと酒井に渡してしまうのか……惜しい。渡すのがおれは惜しくなった)

鳥打峠の山すそに沿った小道を大室村のあたりまで来ると、予期したごとく漆塗り市兵衛が追いついてきた。

柴村一帯を見張る密偵の連絡によって駆けつけたものである。

「だいじょうぶですな？　堀殿……」

すべてを聞き終わって市兵衛は念を押した。

「おれのすることだ。念には及ばぬ」

秘宝を手渡してしまった後の虚脱を味わいつつ、うめくように平五郎は答えた。

市兵衛も興奮していた。にちゃにちゃとあぶらを含んだ小鼻をピクピクさせ、
「すぐに矢島様からの指令を受けてもどります。あなたは、それまで待っていてい
ただきたい」
「よろしい」
市兵衛は引き返していった。
降りしきる雨の中に、平五郎は市兵衛のもどるのを待った。
そのうちに、平五郎の胸は、ふたたび勝利の快感に波立ってきた。
（ついに……ついに勝ったなあ！）
信之の偉大さに食い下がり、忍びつづけてきたかいがあったというものである。
（大殿も、おれにだけは敗北したのだ。おれは、あの巨大な城壁をみごと打ち破っ
たのだからなあ……）
深い満足感のあとで、平五郎はやがて、えたいの知れぬ寂寥《せきりょう》が自分を侵してくる
のを知った。
（喜ぶのは沼田のバカ大名と酒井忠清のみではないか。隠密のおれに、褒賞《ほうしょう》はない
のだ）

いずれは信之とも対決しなくてはなるまい。平五郎は重要な証人である。

そうなれば、まさか真田の家来として松代にいるわけにもいくまい。すべては酒井の指令一つにかかっている。

(おれは、酒井があやつる人形にすぎないのだ)

先のことはまったくわからない。妻や子の将来すらも酒井の手に託さねばならないのだ。

一刻ほどして、市兵衛がもどってきた。

平五郎はちょうちんを差し上げた。市兵衛は他の四人の男と共に近寄ってきた。男たちは、いずれも農民ふうの身じたくで覆面をしている。かかえているわらづとの中は刀であろう。

「あなたは、この書状を持ち、すぐさま江戸へ発足するようにとのことです」

市兵衛は密書を平五郎に渡し、さらにいった。

「ご内儀、ご子息のことは心配なさるな。矢島様が、すぐ手を打たれます」

「さようか……」

安堵《あんど》が、急に平五郎の身を軽くした。

（二十年のおれの苦心を、やはり酒井も考えていてくれたのか……）

どんな手が打たれるかしらぬが酒井のすることだ、安心していてよいと平五郎は思った。

平五郎は身内に力がわき上がるのを、ひしひしと感じた。

矢島九太夫から酒井忠清に当てた密書をいだき、堀平五郎は徳坂のあたりから山越えに鳥居峠へ向かった。

峠は国境である。峠を越え、吾妻《あがつま》の高原を沼田に出れば、もはや安全圏内といってよい。

沼田から江戸までは、沼田藩から平五郎の護衛が用意される手はずになっていた。

市兵衛その他の密偵は、雨をついていっさんに小河原へ向かう。右衛門佐の母を証人として捕えるためだ。

そのころ——火急の用事あり、寅之助と共々出頭せよという信之の使いを受け、平五郎の妻久仁は、寝ぼけまなこの寅之助といっしょに、柴村の隠居所へ入った。

矢島九太夫が、夜の明けぬうちにと放った刺客五名は、沼田内応派の侍の手引きによって、堀邸を襲ったが、目当ての久仁も寅之助も、若党、下女に至るまで、邸内に人けはまったくなかった。

妻子を抹殺《まっさつ》されることを平五郎は知っていたのか？　いやそんなはずはない——と、九太夫は考えた。万一をおもんぱかって堀家のものを抹殺してしまおうと決断を下したのは、九太夫がとっさの一存である。

（平五郎に、さとられるはずはない。しかし、これはどういうことなのか……？）

九太夫はまゆを寄せた。

ともかく、松代城下に潜入させてあった密偵を早急に領外へ散らすべく、九太夫は指令を下した。

（平五郎も市兵衛もしくじったのか？）

雨が上がって、朝霧の中を、漆塗りの市兵衛が忍びもどってきた。九太夫は、ほっとした。

すべては完了したと市兵衛は報告した。女は四人の密偵に守られ、いまごろは鳥居峠を越えているであろうというのだ。

「女は白状いたしませなんだが、その挙動、ろうばいのありさまなど、まさしく右衛門佐殿を産んだ母に……」

「まちがいないというか?」

「はッ」

「よし。おぬしもそうそうに散れ。事を仕済ましたからには一筋のしっぽも毛もつかまれてはならぬ」

「承知」

路用の金をもらい、市兵衛は、御使者屋内庭の霧に溶けた。

まもなく、九太夫に急報が入った。

松代領内から他領へ抜ける街道、間道のあらゆる場所はアリのはい出るすきまもなく藩士の手によって固められ、密偵が逃亡しかねているというのである。

(老公にさとられたのか……?)

九太夫はドキリとした。手落ちはなかったはずである。この御使者屋にも真田の家来が詰めてはいるが、発見された様子はみじんもない。

厳重な警戒は、丸二日後に解けた。

その間、密偵探索の気配などは露にもなかった。ただ領内の者すらひとりたりとも外へは出すまいとしていただけのようである。

酒井の密偵たちは、無事に他領へ散っていき、九太夫はキツネにつままれたような気持ちがした。

6

庭のどこかで、カエルが鳴いている。

きょうの雨は霧のような雨であった。

「平五郎は、もう江戸に着いたかの？」

信之は、手をいろりにあぶりながら、師岡治助に声をかけた。

「はい。ちょうど、そのころかと存じます」

「久仁や子どもは、どうしておる？」

「もはや覚悟も決まり、おちついたようで……」

「わしのために、平五郎に死んでもろうたと言い聞かせたが……久仁は、涙ひとつ落とさなんだわい」

室内には、信之と治助と——もうひとりの男がいた。

「市兵衛。用意がととのいしだい、そのほうも、あの親子とともに、岩城平へ行けい。道中はじゅうぶんに警護してつかわす」

「恐れ入りましてござりまする」

漆塗り市兵衛であった。衣服も髪も武士のものだ。きょうは、彼のたるんであぶら臭そうな顔もどこか引き締まって見える。

「市兵衛にも、いかい苦労をかけたの。そのほうが親子二代四十年にわたって、幕府の隠密となりおおせた苦労、人ごとには思わぬ——手ひどい役目を、わしも言いつけたものじゃ。許せ、許してくれい」

「なんの……」

市兵衛の両眼に涙があふれた。

「堀平五郎殿とくらべて、父もわたくしも隠密としてのみょうがは身に余るものがござります。わたくしは、大殿のお役にたつことがかないました」

「いや。わしは、そのほうや、そのほうの父の一生をだいなしにしてしもうた」

「何を……もったいない……」

自在かぎの竹のくすんだはだに、一匹のハエがとまってじいっと動かないのを、いとおしげに見やったまま、信之は、

「酒井と同じようなやり方で身を守りたくはなかったのじゃが……なれど、どうしても、そのほうの父を潜入させねばいられない気持ちじゃった。こちらがいかに正しく身を持していようとも、ただ手をつかねていては毒の魔力には勝てぬ……わしも、これで小心者ゆえなあ」

信之は、少しあけてあった窓を締めよと治助に命じてから、しみじみと、

「平五郎も哀れなやつじゃ。このまま何の騒ぎも起こらなんだら、あやつも真田の家来として一生を終えたろうにの。わしは、すべてを平五郎の前にさらけ出してやった。わしの治政を、わしの裸の姿を、平五郎から酒井の耳に入れ、真田には隠密の必要なきことを、酒井に知らしめてやりたいと思うたからじゃ」

市兵衛がひざを進めた。

「大殿は、平五郎の素姓をいつからご存じでございましたか？」

「そのほうが知らせてくれた十年もまえからじゃ」

と、信之は薄笑いした。

「あのように、来る日も来る日も、にこやかな笑いを絶やさぬ男というものは、わしの目から見ればゆだんならぬ男であった……わしはの、市兵衛。血みどろの権謀術数の海を泳ぎ抜いて、しかも生き残った大名じゃからの」

数日後には、久仁も寅之助も、吉田市兵衛と共に、岩城平の内藤家へ移ることになっている。酒井の探索を考慮しての、信之の処置であった。

内藤家には使者が飛んだ。まもなく了承の返事が来ることだろう。久仁は何も知らぬ。夫がお家大変に当たり一身をなげうって秘密の任務に殉じたのだと信じていた。

「平五郎のことを知るものは、いまここにいる三人だけじゃ。けっして漏らすなよ。漏らしては、久仁が……あの寅坊主がかわいそうじゃ」

ひたひたと夕やみが室内にも忍び込んできていた。

灯《ひ》が入り、酒肴《しゅこう》が出た。

治助は思いきって、信之に尋ねた。

「うまく事が運びましょうか?」

「まずだいじょうぶじゃ」

手箱を引き寄せ、信之は一通の書状を治助に渡した。矢島九太夫から酒井忠清へ当てた密書である。市兵衛が平五郎へ渡すまえに、すり替えて、信之に届けたものであった。

治助は密書を読み終えた。

信之は、市兵衛の酌で杯をとりあげ、ゆっくり飲み終えると、

「酒井もここまで、わしにしっぽをつかまれては悪あがきもすまい。右衛門佐家督は許されるであろう……わしは、できることなら、こうしためめしい陰険な謀略によって、酒井と勝負をしたくはなかった……なれども、老いさらばえた今のわしには、もうこんな手段を使うより道がなかったのじゃわ」

信之は自嘲した。

そして、自分がなき後に、酒井の恨みが、どんな形で現われるかが問題だと語った。

「おそらくは、わしの遺金も、十万石の身代も幕府の手によって次から次へと搾《しぼ》りとられてゆくことであろう。課役の名目によってな……」

治助と市兵衛は、じっとして見合った。

信之は、ふっと微笑を浮かべた。浴室の羽目に揺れるかげろうのような微笑であった。

「治政するもののつとめはなあ、治助——領民家来の幸福を願うこと、これ一つよりないのじゃ。そのために、おのれが進んで背負う苦痛を忍ぶことのできぬものは、人の上に立つことをやめねばならぬ……人は、わしを名君と呼ぶ。名君であたりまえなのじゃ。少しも偉くはない。大名たるものは皆、名君でなくてはならぬ。それがほめられるべきことでもなんでもない、百姓がクワを握り、商人がそろばんをはじくことと同じことなのじゃ」

信之はなおも熱情をこめて、

「治助、今いったことを忘れまいぞ。よいか」

「はッ」

「家来が殿様を偉いと思い込んでしもうてはだめなのじゃ。もうこわくて口がきけなくなる。わしとても人間じゃ。何度つまずきかけたことか……現にそれ、こんどの騒ぎでも、わしはすべてを捨てて、京へ逃げようとしたではないか」

「あれは、本気でございましたのか……」

「そうとも。それを家老どもが諫言《かんげん》してくれた。あの諫言なくては、わしも平五郎を使うての計略すら思いつかなんだわ……じゃからなあ、治助。良き治政とは、名君があり、そして名臣がなくては成りたたぬものなのじゃ。そのどちらが欠けてもだめなものよ」

信之は自分の死後に、こうした君臣を生むべき土壌をつくることが、おまえたちの役目だと語り、将来どんな困難が真田家を襲おうとも、土壌にさえ肥料が絶えねば必ず切り抜けることができよう、と結んだ。

信之は腰を上げ、両腕を伸ばし、軽くあくびをした。

「疲れた。えらく疲れた。こんどは、わしも寿命を縮めたわい……わしは、もう眠る。そちたちも休め」

7

沼田の真田信利が付けてくれた六名の藩士に護衛された堀平五郎が、千代田城大手門下馬先の酒井邸に入ったのは、松代を発してから四日めの朝である。

〔異変〕を感じた矢島九太夫が、平五郎のあとを追わせた密偵は、信之の命によって封鎖された松代領内を抜け出すのに、封鎖解除になった二日後まで待たねばならなかった。とても平五郎には追いつけなかったわけだ。

江戸も雨であった。

雅楽頭《うたのかみ》忠清《ただきよ》は、まだ登城まえであった。

平五郎は雨と泥にまみれた衣服を着替えさせられ、邸内奥庭の茶室に通された。

忠清がじきじきに会おうというのだ。

暗い光線を背に、平五郎の一間ほど前へすわった酒井忠清は、このとき三十五歳。

好みのかたよった、権勢への欲望激しい性格であった。

平五郎は、カタツムリの矢立てといっしょに、矢島九太夫からの密書を差し出した。

「右衛門佐様出生の事実にございます」

「何！」

酒井の顔色が変わった。

「判明したか？」

「はッ」

「うむ。でかした、でかしたぞ」

目を輝かせ、密書をひろげにかかる酒井の手は、ぶるぶると歓喜に震えている。

その震え方がろこつであった。平五郎はまゆをひそめた。

はじめて見る酒井に、平五郎はいやけがさした。信之の巨木のように根のすわった風格が、今はなつかしかった。

(こんなやつの、おれは飼い犬だったのか！)

平五郎はうつむいた。

書状を繰りひろげる音が中断した。

不穏な気配を、平五郎は感じた。

目を上げると、ひろげた書状の向こうから酒井の目だけが見え、その目がぶ気味に、こちらを注視している。

（……？）

変だなと思った。つい今までの酒井とは、がらりと変わった酷薄な目つきなのである。

酒井が、また書状を読みはじめた。

読み終えると、酒井は書状をろくにたたみもせず、下へ置き、当夜の一部始終を話せと命じた。

平五郎は語った。語りつつ、声が不安に詰まった。

いっさいを聞き終わると、酒井忠清は立ち上がった。立ち上がりざまに、書状を平五郎の前に蹴ってよこした。

「あ……？」

驚く平五郎には振り向きもせず、敗北の苦渋に面をゆがませた酒井忠清は、茶室から消えた。

平五郎は書状に飛びつき、むさぼり読んだ。

〔一筆啓上そうろう。ご無事にござそうろうや承りたく存じ奉りそうろう……〕

から始まる真田信之自筆の、酒井忠清に当てた書状であった。

平五郎は愕然《がくぜん》とした。

信之は酒井に、こういっている。

親子二代の隠密、堀平五郎をお手もとにお返しする。平五郎をはじめとしてご手配の密偵、城下に蠢動することしきりなるため、まことに煩わしく、この際、密偵のいずれにも城下を去ってもらいたく考え、平五郎をまずお返し申し上げた。右衛門佐出生につき平五郎に踊ってもらったのもそのためである。矢島九太夫から酒井侯へ当てた密書はたしかに自分が預かっている。この密書を自分がどう処置するか、それは、そちらの出方ひとつで決まることだ。なお、右衛門佐出生のことは、当方ではいつどこでなりと、確固たる証人証拠をそろえてご不審に応じよう……というものであった。

「まっ、負けた！」

顔面蒼白《そうはく》となり、おもわず平五郎は口走った。

畳に突っ伏した平五郎の両肩が、ガクガクと、不安定に揺れ動きだした。

彼は、わけもわからぬことをブッブツとつぶやき、また低くわめいたりした。畳から茶室の壁へ、天井へ、狂った平五郎の目が、うろうろと迷い動いた。

立ち上がった平五郎は、やたらに、そこら一面につばを吐き飛ばしはじめた。

雨がしぶくように茶室の屋根や軒をたたいてきた。

庭に面した障子が、するりと開き、刺客の刃が白く光った。

碁盤の首

1

「たかが、百姓女ひとりのことで、と、殿は、この主水《もんど》を罪に落とすおつもりかッ——主水は、真田《さなだ》家譜代の武士じゃ。十七歳の初陣《ういじん》以来、数度の合戦《かっせん》に、この首投げうって、お家のため、殿のおんために働いてきた男じゃ。それを——それを何事、名もない土民ひとりと、この馬場主水と引き替えになさるおつもりなのか。かような恥辱を受けては、こ、この主水の顔はまるつぶれでござるッ」

信州、上田城下にある真田家の家老、矢沢但馬《たじま》の邸内に急造されたがんじょうな板張りの締まり所へ押しこめられた馬場主水は、針のような細い目を血走らせ、角張ったあごを小さな切り窓から突き出してわめいている。

主水は、真田家の馬廻り役をつとめ、俸禄《ほうろく》は百石。武勇もすぐれ戦功も数多い。

庭の木立ちに鳴くセミが驚いて鳴きやむほどの大声で、さっきからどなりつづけている主水であった。

矢沢の家来が押し止めようとすると、主水は、いきなり切り窓からたんを吐きつけ、

「さがれッ。そのほうごときでは話がわからぬ。ご家老を出せい。ご家老ッ、それがしを殿に会わせてくだされ。それがし、じきじきに申し開きをいたしたい。お願いでござる。お願いでござる」

切り窓一つの、あとは板で囲まれた狭い締まり所の中は、主水の汗とあぶらのにおいが、残暑の熱気にむされて、鼻をつくようだ。

わめき散らす主水の乱髪からも、汗が水玉のように飛び散っている。

この日の昼近く、藩主、真田伊豆守信之《いずのかみのぶゆき》の命によって、目付け、弥津《やづ》三十郎以下五名が、主水の自宅へ出向くと、主水は、碁盤を前に、酒杯をかたむけつつ、夢中になって、家来と囲碁に興じているところだった。

主水は、弥津三十郎から、自分の罪状を聞くと、火がついたように怒りだし、藩主信之の前でりっぱに申し開きをすると言い張り、捕えようとすると、強力をふるってあばれだした。

しかし、主水宅へ出向いた侍たちは、いずれも屈強のものばかりだったし、足軽十数名が折り重なって主水を捕縛し、締まり所へ押し込めたのである。

主水の罪状というのは——。

二日前の、きびしい残暑のほてりを夕風がまだ消し切らぬころ、城下から半里ほど離れた神科《かみしな》という部落の付近を、馬に乗って通りかかった主水は、森陰の小川で足を洗っている農家の娘を見て、ふっと欲情し、これをむりやりにはずかしめたことによるものであった。

当時は、武士の圧力が徹底的に領民の上に君臨していたことだし、こうしたことが表向きになることは、ほとんどないといってよい。百姓たちが泣き寝入りの形になるのが常であった。

しかし、その翌日、地方《じかた》の庄屋《しょうや》が骨のある男だったとみえ、この事件を訴え出たのである。

その娘は、秋の収穫が済みしだいに、近村へ嫁入りすることになっており、汚されたわが身を悲しみ、その夜のうちに、かまでのどを切って凄惨《せいさん》な自殺をとげた、と聞いて、伊豆守信之は、

「すぐに主水を捕え、締まり所へ押しこめておけ」

と、家老の矢沢但馬へ命じた。

「殿!!」

「なんじゃ!?　但馬――」

「どうなさるおつもりで?」

「馬場主水のことか。後悔のしるし見えるまで表へは出さぬ。役目も免ずる」

「主水は、当家にとって、武勇もあり、戦功も多い武士でございまする。たかが、百姓の女ひとりを……」

「たかが、百姓の、と申すのか。じいよ。これからの民百姓は恐ろしゅうなるぞ」

「は――?」

「先年、大坂の合戦が済み、天下は徳川の手にしっかとつかみとられたのじゃ。合戦がなくなった、これからの世は、武士も民百姓も二にして一じゃ。これを忘れると、じいも古づけの大根になるぞ」

「なれど、このようなことまで、いちいちていねいに取り計らわれますることは、いささか殿の威厳にもかかわり、かえって政の力を弱め、絶えず争い事、訴え事を起こす癖を、領民どもへ植えつけるおそれがないかと……」

「だから恐ろしいと申しておるではないか。領内にもめ事が起きれば、みな領主のわしの責任になる。今までのような戦国の世に、真田一族がかって気ままに国を治めていればすむというのではない。全国の大名の上には、徳川幕府というものがあるのじゃ」

信之は、ふっと寂しげに笑ってみせた。

豊臣《とよとみ》家を滅ぼし、天下の政権を握った徳川幕府が、その権力を永久に存続させるための、諸大名を監視する目は絶えず鋭く光り、この上田の領内にも、おそらく幕府の隠密《おんみつ》が入り込んでいるにちがいなかった。

この一年ほどの間にも、めまぐるしいばかりの改易や取りつぶしが行なわれているのだ。

「これからの大名は、民百姓にそむかれては立ちゆかぬことになるのじゃ」

と、信之は深い目のいろになって、

「ことに、わが真田家にとっては、ことさらに注意が肝要じゃ。そうであろう?じい——」

「恐れ入りましてございます」

と但馬は、むしろ憤懣《ふんまん》の血をほおにのぼらせて、

「武士も槍《やり》一筋では立ちゆかなくなりましたな」

「いかにも――」

と、信之は大きくうなずいた。

政治の失敗を幕府が取りつぶしの理由としてとり上げた例は、いくらもある。

「まして、家中の武士が領民の娘をはずかしめたことは一目りょうぜん、馬場主水の落ち度ではないか」

家来をかわいがることでは、人後に落ちない信之だったが、このときは断固として主水を許さず、秋風が、たちまちのうちに凛然《りんぜん》たる冬の大気に変わるころには、さすがの馬場主水もわめき出さなくなり、締まり所の羽目に背をもたせ、黙念とすわり込んだまま、ヘビのような光に変わった目を、憎々しげに天井に投げては、ときどき、ギリギリと歯をかみ鳴らしていた。

2

十一月二日の夜、馬場主水は、締まり所から逃亡した。

仮病をつかって苦悶《くもん》のうめきをあげ、薬湯を運んできた警固の者におどりかかって、これを倒し、獣のような狂暴さで、立ち向かう家来たちを突き倒し、け倒して、戸を破ると、あッという間に戸外のやみへ飲まれてしまったのだ。

すぐに追っ手が出て国境を固め、領内をしらみつぶしに探索したが、主水の行くえは、ついに知れなかった。

「短気者め。もう少ししんぼうしておればよいのに……」

と、信之はつぶやいたが、それきり探索の手を止めさせた。

「短気者め。いま少し、しんぼうしておればよいのにな」

といった者が、もうひとりあった。

これも主水と同じ馬廻り役をつとめている、小川治郎右衛門《じろうえもん》だ。

治郎右衛門は、主水より三つ年下の三十三歳だが——筋骨たくましく大男の主水とは対照的な小男で、ぽってりと太った、肌の色つやのよい温和な武士であった。

ふたりは足しげく交際していて、そのおもな理由は囲碁を戦わすことにあった。

七年まえに病身の妻をなくしてからは、独身を立て通している馬場主水は、よく治郎右衛門宅を訪れて、ときには徹夜で碁を楽しむ。

主水の囲碁は、勝負への執着が激しく、いったん負けると、その負けを取り返すまではけっしてあとに引かない。

「くそ。うぬッ、この負け恥をそそぐまでは、主水、死んでも引かぬぞ」

すさまじい執念の炎をあぶらっこい顔じゅうにみなぎらせ、むしろ殺気に満ちて碁石を握っては、

「ええい。くそッ。これでもかッ」

と打ち込んでくる。

勝つまでは何度でも望み、少しも疲れない。

「いま一度じゃ。なに、いやか。ひきょう者め」

とすぐにけんか腰になる主水だ。

しまいには家中の侍たちもいやがって、主水の碁の相手をする者がいなくなった

ようである。

小川治郎右衛門だけが、主水の良き碁がたきであった。これは、ふたりの技量がまったく同じ水準にあって変わらないゆえかもしれない。白の石を持ったり、黒の石に替えたり、勝ったり負けたりが、ほぼ同じ分量で競い合ってきているので、主水ばかりか治郎右衛門も、三日ほど相手の顔を見ないと、妻に向かって、

「伊佐《いさ》。主水のやつ、飲みすぎて腹でもこわしておるのではないか。だれかを見せにやれ」

などと、そわそわしておちつかないのである。

しかし、まず非番のときは、ふたりのどちらかの家で、盤上に鳴る碁石の音が聞こえぬときはないといってもよかったほどだ。

主水は、自慢の槍《やり》をふるって敵と渡り合うことに一生をかけてきた男だ。戦国の世の武士としては申し分のない勇猛な男だったが、書物一冊、手にすることは大きらいで、合戦のないときは、武芸に励むか馬をせめるか、碁盤に向かうか——だから、その囲碁は、自分の戦場における駆け引きを碁盤に再現しつつ、われを忘れて興奮してくるといったようなもので、一度の負けが首でもとられたかのように口惜

しく、勝利をうると、

「うわあ。やったぞ。勝ったわ、勝ったわ。どうじゃおれの腕まえは……」

と、子どものようにむじゃきな喜びを、からだじゅうにあふれさせ、勝ち誇るのであった。

藩主の信之は、主水の戦功に対しても、手放しでこれをほめ上げたり、禄《ろく》をふやしたりすることはあまりしなかった。単純な男だけに、へたな出世をさせると、傲《ごう》慢《まん》さが出て、身を誤らせるといけないと考えたからである。

「殿はおれのことなど、少しも気にかけてはくださらんのだ」

などと、主水はほおをふくらませて、治郎右衛門にこぼしたこともあったが、

「殿には殿のお考えがあることだ。だいいち、おぬしも恩賞を目当てに敵の首をとっていたのではあるまい」

「そりゃもちろんではないか」

「ならばおこるな。殿は、われら家来どもを愛すること当代無類のおんかただと、おれは思っておる。何事も殿におまかせし、われわれは真田十万石に誠をつくせばよいのではないか」

こう治郎右衛門がさとしてやると、

「わかった。もういうまい」

サッパリと気の変わる男なのだったが——しかし、たかが百姓女にいたずらしただけで、百石取りの武士が罪人にされ、数ヵ月も監禁されつづけているという不平不満が、主水の怒りを爆発させたとき、

(殿は、おれがきらいなのだ。あれほど命をかけて忠誠をつくしてきたおれを、わざわざこんなめにあわせ、なぶりものにしておられるのだ。今までおれを重く用いてくれなかったのもそれだ。殿はおれがきらいなのだッ)

とひがみ根性が出た。そして、それは暗く狭い締まり所の明け暮れのうちに、信之へ対する憎しみに変わっていったのである。

3

伊豆守信之は、馬場主水の過失をとがめることによって領民の信頼を得るととも

に、家来たちにも二度と、このようなあやまちを繰り返さぬことを念押ししたのである。

戦乱の火が消えた現在、武士というものが、ただ刀槍《とうそう》を振っていればすむものでもなく、戦場での荒々しい生活や風習をいつまでも残していてはいけない、すべては幕府の監視のもとに、領国を平和に治めることが、これからの武士の唯一の生きる道だと覚悟したからであった。

それでなくとも、北国街道《かいどう》の要路に当たる実り豊かな領地を持つ真田家に対しては、幕府も、その財力と武力に、絶えず警戒の色を示しているではないか。

幕府は、外様《とざま》、譜代の大名を巧妙に全国へ配置し、その威勢は、もはや真田の勇武をもってしても指一本ささせるものではないのだ。

禄を失った武士がいかにみじめなものか、それを思うにつけ、信之は数千の家来をかかえた自分の責任を痛感せずにはいられなかった。

（領主が領民の信頼を失えば必ず騒動が起こる。そうなれば、殿もわれらも、その責任を問われて国を追われること必然だ。またそれを幕府は手ぐすね引いて待ち構えておるのだからやりきれぬ）

と、小川治郎右衛門には、信之の心がよくわかる。

「主水のおとがめも、そう長くはつづくまいと思っておったのだがな」

と、治郎右衛門は、妻の伊佐に、

「いまごろあいつ、どうしておるか……」

「碁のお相手がのうて、お寂しいのでございましょう？」

「気が抜けたようじゃ」

治郎右衛門夫婦には、亀之助《かめのすけ》といって七歳になる一子があり、夫婦仲の良さは、家中でも評判であった。

「これからは、二度と、馬場様にお目にかかることもございますまいな」

「そう思うか」

「帰参が、かないましょうか？」

「いや――それよりもだな、伊佐……」

と、治郎右衛門は、こみ上げる微笑を禁じかね、そっとささやいた。

「主水は、きっと来る。やって来るぞ」

「え――？」

「あいつ、おれに一番負けておる。この負けを黙ってがまんできる主水ではない。ひそかに城下へ立ちもどり勝負をつけに忍んで参るわ」

「まことで……？」

「まことじゃ。おれは信じておる。あれほどの勝負にしつっこいやつが、この借りをおれに返さずにおくものか」

「では——もし、ここへ忍んでお見えになりましたらいかがなさいます？」

「主水のことか——ふむ。いくらか金を与えて逃がしてやるさ」

「かまいませぬか？」

「かまわぬ。殿もそのおつもりじゃ。というのはな、伊佐。主水逃亡してより一ヵ月ほどになるが、殿は彼の身を捜し、これを捕えて罰する、などというお気持ちが少しもないではないか」

「そう申せば……」

「ふふふ——おれはな、毎夜毎夜、いつ、主水が、この戸をたたくかと待っておるのだ」

治郎右衛門は居間の縁先に立って、暖かい冬の日が寒気をゆるめて枯れ草の上に

漂っているのをじっと見入りながら、

「しかし、負けんぞ。ハハハ、負けてはやらぬぞ。主水——」

と、楽しそうにつぶやくのだった。

4

しかし、思いがけないことが起こったのである。

その年も暮れぬうちに、江戸へ現われた馬場主水は、幕府に旧主伊豆守信之を訴え出たのだ。

それは、前年、大坂城に立てこもった豊臣秀頼《とよとみひでより》を、徳川家康が大軍を率いて囲んだときのことである。

周知のごとく、この戦いに真田家は敵味方に別れて戦った。すなわち、信之《のぶゆき》は徳川に従い、信之の弟、幸村は豊臣軍に投じて大坂城へ入った。これは、もともと兄弟の仲が悪くてそうしたのではない。信之は家康の養女を妻にしており、しかも家康を信頼してあくまでも忠誠をつくし、真田家の存続を計ったのであり、幸村は、衰運の一途をたどる若き豊臣秀頼に義侠《ぎきょう》の血を燃やして、協力をしたといってもよいだろう。

それだけに幕府は、信之に対し

（こいつ、勝敗の両岸に一族を分けて、真田の血を絶やさぬことを考えたな）

といちおう、疑惑の目を向けたのも無理はない。一族の血を絶やさぬためには、どんなことでもするということになれば、一度、徳川が危くなったときには、またどんな方向へ飛んでいくかしれたものではない。

ただ、当時は家康が生きていたし、家康だけは信之に全幅の信頼を寄せ、大坂陣のときには、気をきかせて、信之を江戸城留守居《るすい》の役に命じた。これは真田兄弟の巧みな牽制《けんせい》でもあり、信之にいやな思いをさせないということも含まれているのである。馬場主水がこれに従って出陣したのはもちろんだ。

だから信之は、大坂の合戦に、わが子の信吉と信政に軍勢をつけて出陣させたのである。

主水が訴え出たことというのは――この大坂の合戦のときに、信之の密命によって徳川方の真田勢の一部が、豊臣方の真田勢に加勢した事実がある。それにもう一つ、いよいよ豊臣方の敗戦が確定した夏の陣の総攻撃のおりに、信之は大坂城内の幸村に頼み、幸村の守る出城へ、わざと信吉、信政の二子を突撃させ、一番乗りのてがらをたてさせたという事実があり、このとき、幸村は兄信之の依頼により突撃してくる甥《おい》ふたりに銃火を浴びせなかった、というのである。

主水は、その事実を目前に見たとまで明言したらしい。

すぐさま幕府から、真田家の江戸屋敷へ知らせがあり、江戸家老の木村土佐が江戸城へ呼び出されて、老中、土井利勝《としかつ》の尋問を受けた。

木村土佐の応答は堂々として、少しの渋滞もなく、主水逃亡のいきさつを余すところなく語り、あるじの慈悲を少しも感ぜず、かえってこれを恨み、理由なき訴訟を起こすとは狂気のさたであるといって、主水への怒りをぶちまけた。

幕府にしても、かねてゆだんなく隠密を入り込ませて真田の動静は余すところなく知りつくしているし、また信之という人は、幕府の諜報網に引っかかるようなヘマはけっしてない。

主水の訴えがまことに事実ならば、幕府も黙ってはいない。取りつぶしは必定だが、調べが進むうちに——これはどこまでも主水の申し立てが、信之を恨むのあまりに出た想像にすぎないことが判明した。

木村土佐は、馬場主水との相対吟味を願い出たが、幕府もあまり詮議《せんぎ》して主水がボロを出しては、かえっておとなげないことになると思ったのだろう、これを許さず、まもなく詮議打ち切りとなった。

ときの将軍秀忠《ひでただ》は、あまり信之に好感を持っていなかったし、主水の訴えが少しでも実のあるものならば打ち捨ててはおかなかったろう。だが、信之の冷静な言動と政治力とは、昔から少しのすきも幕府に与えていない。どうにもなるものではなく、幕府も苦笑して手を引くよりほかはなかった。

一方、真田家においては、馬場主水への怒りが大きなものになった。

「殿のご恩も忘れ、あるまじきふるまいによって殿をおとしいれようとは八つ裂きにしてもなおあきたらぬやつだ」

ということになり、真田家では、すぐさま、幕府へ、主水の身がら引き渡しを願い出た。幕府は、

「訴人に出たる者を引き渡した例はない」

との理由で、主水を追放してしまった。これは討ち果たしてもかまわぬというこ

と同じである。

上田にあった信之は、このことを聞いて、しばらく、沈思していたが、

「小心者ゆえ、これからも何をしでかすかしれたものではない。かわいそうだが……」

と、ただちに密命を下し、腕ききの刺客を四名ほど、伊勢《いせ》参宮の名目で江戸から出発させ、主水のあとを追わせたが、よほど逃げるのが巧みだと見えて、馬場主水はこんども姿をくらましてしまった。

小川治郎右衛門が、信之の勘気を受け、禄《ろく》を召し上げられて、城下はずれの蛇沢《へびさわ》という山間の村に蟄居《ちっきょ》を命じられたのもこのころであった。

治郎右衛門は、ある夜急に、目通りを願い出て許され、三の丸の御殿の奥で、信之としばらく語り合っていたが――やがて、信之の常にない大きな叱声《しっせい》が聞こえて、治郎右衛門はほうほうの体で御殿を退出。まもなく信之から罪を受けることになったのである。理由は、

「きゃつめ、身分不相応の諫言《かんげん》をわしにしおった。許せぬ」

という信之の、怒気を含んだ一言だけであった。

家中の者たちは、きっと治郎右衛門が、囲碁友だちの主水をかばって、彼の命ごいでもしたのだろう。温厚な男だがバカなことをしたものではないか——などとうわさをし合っては、つまらぬことから身を滅ぼした治郎右衛門に、さげすみの目を向ける者が多くなった。

人望のあった治郎右衛門なのだが、主水への憎しみが、そのまま彼に転嫁された形になり、

「いくら碁がたきのよしみがあるからとて、けだものにも劣るまねをした主水をかばうなどとは、もってのほかだ」

ということになってしまった。

5

依然として、馬場主水の行くえは知れない。

小川治郎右衛門の罪も依然として許されない。

治郎右衛門は、太郎山の山麓《さんろく》にあるわらぶきの民家を改造した三間ほどの小さな家で妻の伊佐とふたり、ひっそりと暮らしている。子どもの亀之助《かめのすけ》も十歳になったが、これは沼田の親類の家へ預けてあった。沼田領は信之の息、信政が治めている。

三年めの、元和《げんな》五年の初夏のことである。

庭の枝折り戸のそばに、四、五丈もあるホウの木が、ぽっかりと白い花を咲かせ、その香気が漂ってくるのを楽しみながら、治郎右衛門は伊佐とふたりで、茶を飲んでいた。

茶を飲みながら、夫婦は碁を打っている。伊佐がむりやりに夫から習わされたのであった。

汗ばむほどの昼下がりの日ざしが、家の回りの雑木林を縫ってしまをつくり、新緑が燃えるようだ。

「ほほう、うってがえしか。えさを見せて手を出させようと申すのだな。フム。おまえもなかなかやるようになったではないか」

「おもしろうなりました」

「そうか。ハハハ――」

碁笥《ごけ》をまさぐる音と、碁盤に響く碁石の音が、いかにも澄み切って聞こえる。

どのくらい、たったろう。

突然、夫婦が碁を囲んでいる小べやの裏側、つまり裏手の竹林のあたりから、小窓の障子を突き破って飛び込んできたものがある。

それは一粒の白い碁石だった。

「あ――」

おもわず声をのむ伊佐を、治郎右衛門は静かに見やった。目が鋭くなっている。

「来たな――」

「は――」

「おまえは台所へ行っておれ」

「はい」

伊佐は、青白く緊張した顔を夫に向けて、何かいいたそうにした。

「心配するな。さ、行け」

妻は台所に、夫は碁盤の石を全部、碁笥に入れて、その前にゆったりとすわり、庭のホウの花を見ている。

そのまま、夜になった。

そして、朝が来て、また日が暮れた。

馬場主水が、この家に現われたのは二日めの夜ふけであった。彼は足音もたてずに庭へ入ってきて、戸をたたいた。

「主水か——おれと伊佐だけだ。安心して入ってこいよ」

戸をあけて、無言のまま入ってきた主水は、意外に放浪のやつれも見せてはいず、衣服もさっぱりしたものをつけている。

「来ると思っていたぞ、いつかはな——」

「一番、負け越していたのでな」

と、主水はニヤリと笑った。その声に、昔の開放的な明るさがなくなり、粘っこい陰気な調子が含まれているのに、治郎右衛門は気づいた。

「おぬし、殿の勘気を受けたそうだな」

「知っておったのか」

「この辺の評判だ。おれの命ごいをしてくれたのだそうだな」

「うまくいかなかった。許してくれ」

「いや、いいさ。この真田の家中で、おぬしだけがおれの味方だ」

と、主水は両肩の力を抜いて警戒を解いたようであった。

「主水。おぬしは、まだ、殿を恨んでおるのか？」

「あたりまえだ。百姓と武士といっしょにされてたまるものか」

「まだ、それを根に持っているのか、執念深いやつだな」

治郎右衛門のほおを、あわれむような微笑がかすめた。が、それは主水の目に入らなかったらしい。

「おれは負けるのが大きらいな男だ。殿にも、百姓にも、それから碁石にもな。だからこそ危険をおかして忍んで来たのだ」

「どうしてきのう来なかった？」

「碁石を投げてみて、おぬしの出方を見ていたのだ」

「おれが、殿に知らせるとでも思ったのか？」

「そういうこともないとはいえぬ」

と、主水は水のような笑いを漏らして碁盤の前へすわり、

「ほほう。バカに大きな碁盤だの」

「おれの手作りだ。暇なのでな」

「やるか？」

「よかろう。ところで、おぬし、今はどこにいる」

「うむ。実はな――いや、いうまい。ただ中国のある町で、ちょっと金を持ってい
る女のところへ入夫しているとだけいっておこうか。ハハハ――」

ふたりは、碁盤に向かい合って碁笥を引き寄せた。

「お内儀は？」

「眠っておる。勝負をつけてから起こそう」

「一番勝ったら、おれは帰るぞ」

「そうはいかぬ。ハハハ……」

昔のままのなごやかな空気の中に相対した。そのうちに碁石をつまんだ主水が食
い入るように碁面をにらみ、パチリと石を打った。

「おれの番か」

「そうだ。早く打て、もったいぶるな」

「よし」

治郎右衛門は、もう一度碁笥を引きつけ、中の石を取ると見せて、いきなり、碁盤の裏側に取りつけておいた抜き身の短刀を引き抜き、碁盤ごと体をぶつけるように主水へおどりかかった。

「うッ――ひ、ひきょう……」

主水は、したたか腹を刺されてうめいた。

治郎右衛門はつづけざまに腹を二度ほど刺して、主水が動かなくなったのを確かめてから、ゆっくりと立ち上がり、手のひらを合わせて瞑目《めいもく》した。

「ひきょうかもしれぬが――おぬしに逃げられては、真田十万石が困るのだ。公儀へ訴えることなどせずに、おとなしゅう浪人しておれば、また共に碁を楽しむこともできたのにな……」

小川治郎右衛門が、みずから進んで信之に請い、わざと罪を受けて、山麓《さんろく》の一軒家に三年間も碁がたきの来訪を待ったことは、信之と治郎右衛門夫婦のほかには、だれも知らなかった。

主水の首は、彼の好んだ碁盤、碁石とともにどこかの土深く埋められ、翌元和六年の春、治郎右衛門は罪（？）を許されて旧職に復した。馬場主水、捜索の件もいつとなく取りやめの形になったことはいうまでもない。

刺客

1

信州、松代《まつしろ》藩の横目をつとめている児玉虎之助《こだまとらのすけ》が、執政の原八郎五郎邸へひそかに呼び出されたのは、寛延三年七月六日の夜ふけであった。

松代の城下町は、ちょうど七夕《たなばた》祭の前夜で、人けの絶えた暗い町筋を歩いていくと、家や屋敷の門口に、色紙やたんざくをつるした青竹が立てられていて、それが、夜風にさやさやと鳴っている。

小太りの虎之助が、むっくりとした首すじの汗をふきふき、お城の大手門前にある広大な原邸に着くと、原八郎五郎は待ちかねていて、

「虎よ。暑いのにきのどくだが、これからすぐに出発してくれぬか」

「どこへ、でございますか？」

「途中まで馬を飛ばせていけば、明けがたまでに追いつけるだろう」

原は、急に陰惨な影を双眸《そうぼう》へ宿し、

「人ひとり、斬《き》ってもらいたい」

と、重く静かにいった。

「だれをで……？」

虎之助のリスのように小さな丸い目が、きらっと光る。

原は、むっちりと肥えた右手を上げて、ゆるやかに扇を動かしながら、

「先刻、恩田木工《もく》の屋敷から、密使がひとり、ひそかに城下を抜けて地蔵峠へ向かったという知らせがあった。おそらく江戸藩邸の駒井理右衛門《こまいりえもん》あたりへの使いであろうと思う。——わしは、先刻から考えておるのだが、この密使は、どうしても、黙って江戸へやるわけにはいかぬ気がする。おぬし行ってその密使、若党の平山重六らしいが——彼を斬り、懐中の密書を奪ってきてもらいたい」

原は、激したところもなく、むしろ淡々とひとごとのようにいうのだが、心中は、かなり動揺しているらしい。

百五十石の御納戸《おなんど》見習役から、藩主、真田伊豆守信安の寵愛を受け、とんとん拍子に出世した四十一歳の現在——原八郎五郎は千二百石の家老職をつとめ、藩の政

治のすべては彼の手中に握られている。

しかし一つの勢力というものは、良いにつけ悪いにつけ、必ず反発を受けるのが世の常であって、松代藩にも、

(殿様に媚《こ》びへつらい、政治を壟断《ろうだん》する原八郎五郎を斬れ!!)

という叫びが、徐々に高まってきていることは事実だ。

現に、去年十二月のある夜——御殿から退出する原を、大手門前に待ち伏せて、小林郡助という者が、突如斬りかかったことがある。

そのときは、原に付き添っていた井上半蔵というのが小林に立ち向かって、小林は、原の左腕を少し傷つけたばかりで、井上の刃《やいば》に倒されてしまった。

以来、原八郎五郎も、

「彼らに何ができるものか。捨ておけ」

などと、大まかな態度をとっていられなくなった。そればかりか、この際、思い切って、反対派を一挙に弾圧してしまおうという決心が、かなり強いものになったようだ。

去年から、この正月にかけて、給料の未払いが重なり、暮らしに困った藩の足軽

約千人が騒ぎだし、藩庁へ訴え出たり、江戸でも国もとでも、原の専横を憎む声が、いよいよ高まりつつある。

この声は、どうやら、家老職のひとりで人望の高い恩田木工を中心に寄り集まっているらしいことは、虎之助にもおよそ察知できることだ。

恩田はなかなかのもので、表面は黙り込んだまま、原と城中で会ってもニコニコとあいそうよく応対するほどの練れた人物だけに、原はなおさらぶ気味なのであろう。

「恩田の、わしへ向ける笑いの底には、たしかに殺気が潜んでいる。わしを憎む心が、チラリチラリとやつの目の中に光っていることが、おりおりあるのだ」

などと、まえにも原は虎之助にいったことがある。

江戸藩邸の留守居役、駒井理右衛門は、恩田木工の親友であった。

このふたりが、ことしに入ってからひんぱんに密書のやりとりをしていたことが最近になって明白となった。

原は、江戸でも国もとでも、虎之助のような腹心の横目を駆使して、反対派の動向を探るのに、いまは懸命なのである。恩田木工の身辺にも絶えず監視の目を離さなかったので、今夜の密使出発を、うまく探りとったのであろう。

(その密書の内容次第で、それを証拠に、夫太《たゆう》(原のこと)は殿様に申し上げ、恩田派を弾圧するつもりなのだろう)

一ヵ月ほどまえに、参観《さんきん》交代で江戸へ行っている殿様の信安は、まだ原八郎五郎を信頼している。というよりも、このふたりは主従でありながら、遊び友だちの腐れ縁のようなもので、しっかりと結ばれているのだ。

(つまりは……殿様と太夫の関係はだ、おれと太夫の関係と同じようなものなのだな)

虎之助は苦笑した。

寂しく悲しい苦笑である。

(おれも、行く所まで行くだけのことだ)

原に従って働くのはお家のためにならないということくらい、児玉虎之助にはハッキリとわかる。

それでいて引きずられてしまっているのは、原八郎五郎への愛情からであった。

それにまた、虎之助は、原からなみならぬ恩恵を受けてきている。

虎之助は、その夜——下男茂吉だけがるすいをしているひとり身暮らしの有楽町のわが家へはもどらず、原の屋敷で身じたくを整えると、同じ横目付けの伊沢太《いざわた》平《へい》、壺井運八郎《つぼいうんぱちろう》のふたりとともに、馬を飛ばして城下の東南にある地蔵峠の山麓《さんろく》へ向かった。

2

刺客三名と江戸への密使との決闘が始まるまえに、……このへんで、児玉虎之助と原八郎五郎のつながりをのべておこう。

ということは——虎之助の初恋について、まず語っておかなくてはなるまい。

その相手というのは、小林郡助の妹、以乃《いの》である。

小林はまえにのべたように、原八郎五郎に「奸賊《かんぞく》、死ね!!」と叫んで斬りかかり、かえって原の部下、井上半蔵に殺された男だ。

しかも、二年ほどまえまでは、小林の家は虎之助の家の隣にあった。

小林ももとは虎之助と同じ徒士組《かちぐみ》のひとりで、共に十石どりの微禄《びろく》者だったが、生来、刻苦精励型の男で、彼が死ぬまでに得た三十五石二人扶持《ぶち》、船与力という地位にたどりつくまでは容易なことではなかったろう。

少年のころから武芸だけは得意だが、のんびりやで出世欲もあまりなく、そのくせのほうずでけんか早くて、上司のごきげんをとることなどまったくできぬ亡父ゆずりの性格を持っていた虎之助とは、はだ合いが違う。

少年時代には隣どうしだし、千曲《ちくま》川の川あたりや、近辺の山遊びなどで、虎之助は一つ年上の小林にすもうをいどんだり、けんかを売ったりして、いつも負けたことはない。

小林はしかし、白い目を光らせ負けても負けても、しまいには虎之助が持てあますほどのしつっこさで飛びかかってくるようなところがあった。

互いに成長し、父親が死んで家を継ぐようになってからは、そういうわけであまり交際もなくなり、小林はむしろ虎之助をきらっていたようである。

だから六年まえの延享元年の春——妹以乃を嫁にくれと、虎之助がじか談判に乗り込んできたときも、

「断わる!!　妹には縁談が決まっているのだ」

と、にべもなかった。

「松本藩御家中だそうだな」

「さよう」

「それはよくわかっている。だからこそ頼みに来たんだ。わたしも以乃さんが好きだし以乃さんも……わたしを好いてくれる」

「なにッ?」

「きのう、ハッキリと、それが互いにわかったのだ。ふたりで話し合ってみて、それが……」

「なに、ふたりで話し合ったと──けしからん、不謹慎きわまる!!」

小林郡助は烈火のようになった。

その場で、すぐに以乃を呼びつけ、虎之助の目の前で、さんざんにしかりつけたうえ、

「念のため、虎之助殿の前で申し聞かす。こりゃ以乃。おまえの縁談については松本の大屋孝三郎殿のきもいりで、もはや決まったも同然なのだぞ。兄の前で虎之助

殿にハッキリとお断わりせい——これ、何を黙っておる。お断わりせいというに——」

以乃は答えなかった。

小がらで丸い、ピチピチと弾力にあふれたからだを凝固させつつ、うるんだ双眸《そうぼう》を、ヒタと虎之助に向けたままであった。

こうなると、ふだんは物やわらかな、しっとりと優しげな彼女も、意外な強情さを見せ、小林が、いくらせっついてもガンとして口を開こうとしない。

たまりかねて、虎之助は、物もいわずに小林家を飛び出してきてしまった。

(こんなときに、母が生きていてくれたら、どんなにもして力になってくれただろうに……それにしてもおそすぎた)

以乃は、母の気に入りであった。

「虎之助や。おまえ、大きくなったら、隣の以乃さんをお嫁さんにおもらい」

と口ぐせのようにいっていた母も、四年まえになくなっていたのだ。

しかし、そのまえに一度、母は以乃の親代わりになっている兄郡助をたずね、ひそかに以乃と虎之助の婚約を頼んだこともある。

二、三日しての返事に、せっかくながらいろいろ事情もあって辞退申し上げるという返事があり、

「どうもしかたがないねえ。おまえは以乃さんにきらわれているのかもしれないよ」

母は嘆息して、虎之助に告げたものだ。

虎之助も、あきらめきれない気持ちであった。

幼いときから、へい越しに朝のあいさつをかわし合ったり、川遊びに出かけたり、正月や秋の祇園祭《ぎおんまつり》には、以乃を母が呼んでくれて、おそろいのおぜんを前に、ふざけっこをしながらごちそうを食べたこともたびたびである。

大きくなってからは、子どものころのように手をひき合って魚取りに千曲川へ行くことも、まさかできなくなり、病没した母親の代わりに以乃は家事いっさいの切り盛りをするようになっていたし、たまたま虎之助が非番のときなどに庭の低い土べい越しにあいさつをかわすとき、

「おはよう、以乃さん」

「おはようございます、虎之助さん」

互いに、胸の底までしみ通るような微笑で、じいっと見つめ合い、それで満足していたものだ。

虎之助が二十四歳。以乃が十七歳の初夏のことであったが……ある日、虎之助が庭へ出ると、以乃は少しまえから待っていたらしく、手に何か包み物を抱いて、えりもとまで血の色に染まりながら、

「あの——あのウ、これは父の形見なのですけれど……お召しになっていただけません？」

見ると卵色のかたびらを仕立て直したものであった。

「ありがとう。いただきます」

「あの……あのウ……」

「にいさんには内密に、でしょう？　わかっていますよ」

声をそろえてふたりは笑った。

かたびらが、以乃の手から虎之助の手へ渡るとき——どちらからともなくふたりの両手が重ねられた。

そのまま、黙って、空いちめんの夕焼けが燃える中に、ふたりとも動かなかった

ものだ。

そのときも、ふたりは心のうちを打ち明け合わなかった。というよりも、ことばにして出すまでもなく何か通じ合うものがあったからだろう。

そして一年ほどたってから、母がせがれの嫁にもらいたいと申し出て、小林郡助から断わられたのである。

（やっぱり、だめか。以乃さんはおれの嫁になってくれるところまで行っていなかったのかな）

その年の暮れに母がなくなり、翌年の春——それは以乃の家の庭にある三本ほどのアンズの木が、白い花を咲かせはじめた、ある日の夕暮れであった。虎之助が出仕を終えて、お城から帰って来、両家の境のへいのそばにある居間で、下男の茂吉にてつだわせて着替えしていると、いきなり隣からへい越しに、紙つぶてが飛んできて、目の前に落ちた。

ひろげて見ると——今夜、夕飯が済んだころに、象山へのぼって待っていていただきたい。たいせつなお話がしたい……と、書いてある。

虎之助が約束の時刻に、下士の家が並ぶ有楽町の西にある五百メートルにも足らぬ象山へのぼっていくと、すでに、以乃は来ていた。

以乃は、いつになく堅い口調で、せかせかと話しだした。

松本藩中にいる親類の世話で、急に話がまとまり嫁に行くことになった、というのだ。

相手は五十石どりの侍だし、良縁だからと、兄はわたしにも知らせず承知してしまったらしいと……以乃は、ここで、ぱッと虎之助にすがりついたものである。

「虎之助さん——あ、あたくし、行ってしまってもよろしい？——ね、いってください。いって……」

「いや。いかん」

「では、以乃さん。虎之助さんも……」

「以乃さん。昔から好きだった」

「あたくしも……」

きいてみると、まえに母が頼みに行った縁談のことなど、小林は以乃に一言も漏らさなかったらしい。

「ようし。わたしが郡助殿にかけ合おう」

かくて、虎之助が乗り込んだ結果は、前述のごとく失敗に終わった。

以乃が、境のへいを乗り越えてきて児玉家の庭へ入り、虎之助の寝間の戸をたたいたのは、その日の夜ふけのことである。

「あ——以乃さん」

「黙って——ね、虎之助さん、黙って……」

抱き入れて、夢中で桃花のような以乃のくちびるを虎之助は吸った。

以乃が、自分の家へ忍び帰ったのは、空が白みかかるころであった。

そうして、七日もたたぬうちに、彼女は松本の城下へ去ってしまったのである。

そこの親類方でしたくをし、嫁入ることになったものらしい。小林が虎之助のことを知って急ぎに急いだのだ。

「もう一度。いや二度でも三度でも、郡助殿にかけ合ってみる。元気を出してくれ、以乃さん。よいな。よいな?」

奔流のような情熱に押し流されながら、虎之助は以乃の肌のにおいにおぼれ、うわごとのように、

「がんばるんだ、以乃さん。いいな、いいな」

と低く叫びつづけた。

以乃は、かすかに泣きむせびつつあえいでいた。

そして彼女は、一言も言い残すことなく、松本へ去ってしまったのである。

あの夜の、自分の情熱へ懸命にこたえてくれた以乃の顔を、くちびるを、からだを、ぼんやりと思いふけっては過ごす虚脱の幾日かが過ぎ去ると、虎之助は、もう、がむしゃらな放蕩三昧《ほうとうざんまい》に飛び込んでいったのだ。

3

以乃とのことは、口さがない小林家の下男あたりの口から、またたく間に城下へひろまった。

松代は江戸から五十六里。中仙道屋代宿《なかせんどうやしろじゆく》から妻女山のふもとを東へ入り、三方を山脈に囲まれ、西北に千曲川と善光寺平を望む城下町だが、周囲は二里ほどの町だ。うわさの伝播《でんぱ》に手間ひまはいらない。

（児玉の虎が、小林の妹にちょっかいを出しかけたので、小林が、あわてて嫁にやったのだ）

と、下士仲間の評判もうるさい。

その年の夏には、殿様の行列に加わって江戸へ出たが、虎之助は、たちまちに、江戸の酒、女の味をおぼえてしまった。

一年後、また殿様について帰国。それからも虎之助の自暴自棄的な放蕩はやむべくもない。

借金もふえた。

城下の東にある長国寺門前に並ぶ、いかがわしい料理屋の遊び女で、お崎《さき》というのが虎之助の相手であった。

やせぎすで色の浅黒い、ぷっくりとふくれ上がったくちびると細い目の輝きが妙に粘りつくような……二十二だとかいっていたが、——。

寝床へ入ると実に執拗《しつよう》で、男には忘れさせないものを、お崎はもっていた。

さんざんに虎之助をしぼっておいてから、お崎は一言のあいさつもなく、ひょいとくら替えをした。

身請けをされたのだ。その相手が原八郎五郎であった。

「そうか。それもよし。ふふん、見ておれよ、いまに——」

虎之助はくちびるをゆがめて笑った。

それは延享三年の、ようやく信濃に積もる雪が解けはじめたころのことであったから、原八郎五郎が、藩主伊豆守信安の寵愛いよいよ深く、四百石の勝手係から一躍三百石の加増を受け、家老職のひとりに抜擢《ばってき》された年のことだ。

原八郎五郎は藩内随一の美貌《びぼう》だといわれたほどで、その涼やかな双眸や、骨格豊かな容姿の端正さや、濶達《かったつ》で才知鋭い性格は、信安ならずとも人を引きつけるものがあった。

ときに、原は三十七歳の男盛りである。

ここでちょっと、松代藩真田家についてのべておきたい。

藩祖は真田信之《のぶゆき》。大坂で武名をうたわれた幸村《ゆきむら》の兄であり、名君であった。

信安は五代めの藩主ということになる。

信安の父信弘《のぶひろ》の代あたりから、まえにはかなり裕福だった藩の財政が窮乏してきた。

幕府から命ぜられる課役や御用金が、ほとんど真田家の財産を吸いとってしまったわけだ。

天下の将軍たる徳川幕府が、これに従う大名たちの力をそぐためにとった高等政策である。

だから信安の代あたりになると、諸国の大名は貧乏の一途をたどるのみとなった。

くどくはいうまい。とにかく、四代信弘の代には、御殿で日常使用する灯明油さえ倹約したというから推して知るべしだ。

こういうさいちゅうに、信安は父の跡を継いだ。

老重臣たちは、若い殿様を子ども扱いにして、

「ご先代様はこうあそばされましたぞ。そのようなことは許されるべきことではございませぬ」

などと、藩政の実権を信安に任せようとはしない。

藩主としての名実共なる実権を握りたいと、信安が熱望したのも無理はない。

信安は、原八郎五郎の才能と物おじしないふてぶてしさを見込んで寵臣とし、大

番頭たちを押えつけようと計った。

寛保二年、千曲川の氾濫《はんらん》で、城下で大水害を受けたとき、原八郎五郎は、気むずかしい老臣たちの反対を押し切り、信安に進言して千曲川治水工事を行ない、みごと成功した。工事の費用一万五千両を幕府から借り入れることができたのも、原の懸命なる奔走によるものであった。

足かけ二年にわたる治水工事に、骨身を惜しまず、みずから汗とどろにまみれて監督に当たった原八郎五郎の働きぶりは、当時、評判高く、児玉虎之助も河原で人夫たちと共に働きながら、

(原殿は、まことにお家の宝だなあ!!)

と、感嘆したこともたびたびであった。

家中の侍たちは、殿様の寵愛を背景にした原の威望のもとへ、見るまに走り寄った。

こうなると、老臣たちも文句はいえなくなり、かげでブツブツと不満を鳴らしているだけになる。

こうして、松代藩の実権は、わが手中にありと、原八郎五郎が語ったとき、彼

の、むしろ伸びやかなおおらかな性格のうちに、彼自身すら気づかなかった慢心の芽が頭をもち上げたのである。

信安と原は、まるで仲の良い遊び友だちのように、放縦な生活におぼれた。口やかましい老臣たちは、あくまでも倹約の一点張りで、信安が、たまには鼓の一つも打ってみたいと思っても許さなかったものだ。だから、信安も原も、老臣たちを押え切ってしまうと、せきを切ったように、その反動で享楽のうず巻きの中へ飛び込んでいったのである。

御殿の新築。暖衣飽食、遊芸の氾濫《はんらん》。女、酒!!

殿様も家来も、人間である以上、こうしたことがいやなわけはない。水のように流れる出費は、たちまちに藩の財政からはみ出してしまう。これをまかなうためには——まず悪税による領民への圧迫と、藩士の俸禄《ほうろく》を減らすことより手はない。

その反面、原一派に、ぺこぺこ頭を下げしっぽを振っていけば甘いしるにありつけるわけだから、藩の侍たちの中にもだいぶ怪しげな連中が増加する一方であった。また、城下の豪商たちと結びついてのわいろの横行も盛んになるばかりである。

原は、容姿端麗のうえに和歌、乱舞にも長じ、文武の道に精通している。そのくせ、妙に洒脱《しゃだつ》な、もっと悪くいえば（いかもの食い）的なところがあって、町人や足軽の風体に変装し、いかがわしい紅灯の中へまぎれ込むことが大好きであった。

虎之助の女、お崎を横から奪って（お崎から持ちかけたのかもしれぬが……）城下の東、竹原村に小さな家をたててやり、これを囲っておいて、ときどき通うのである。

雪も消え、桜、桃、アンズ、いっせいに花を開く信濃の春が来た。

ある夜――児玉虎之助は、しりをはしょって素足にわらじばき。手おけを持ち、かさをかむり、腰にちょうちんをはさみ、ひそかに家を出ると、竹原村へ向かった。

手おけには薄板でふたがしてある。

中には便所からくみとった悪臭ふんぷんたる、ドロリとしたやつが七分めほど入っているのだ。

「わたしはもう虎さんだけよ。ねえ、けっして離れちゃいや……」

などと、甘ったるいうそで丸められ、しゃぶりとられた腹いせに、その臭いものを女の顔にぶっかけてやるつもりである。

(あいつのためには、父が筆づくりの内職や倹約で一生かかってためた金三十両も使い果たしてしまっているんだ。ちくしょうッ、うそつき女め!!)

虎之助も下落したものだ。

原が、もし女と寝ていたらいっしょにおけの中身を浴びてもらうつもりである。

(おれなどは、もうしかたのなくなったやつだ。なに、首を切られても、牢《ろう》へ入れられてもかまうものか)

竹原村は尼飾山のふもとに近いところで、桑畑に囲まれた般若寺《はんにゃじ》の後ろの竹ヤブの向こうに、お崎の住む家がある。

竹ヤブを抜けて、裏手へ回って見ると、農家を改造した小ぎれいな家で、台所の小さな窓の障子からあかりが漏れている。

春の風だが、夜は冷たい。

虎之助はブルッとからだを震わせて近寄ると、いきなり、お崎の含み笑いを聞いた。

それに答える男の声も漏れる。

（原め、来ておるな）

有り合わせの石を運んで乗った。からだを伸ばし、小窓の障子を指をぬらして破り、虎之助はのぞいてみて、カッとからだじゅうが熱くなった。

あかりをつけたままで傍若無人、お崎は肌もあらわに、男と狂い回っているではないか。

男は原八郎五郎ではない。

近ごろ、遊芸が盛んになった松代へ流れ込み、しかも原の庇護《ひご》を受けている若い能役者である。

（原め、飼い犬にかまれおったな）

そのとたんに、虎之助は、すーっと原への憎しみが消えるのを感じた。同時にそれは、女への怒りを倍加した。

虎之助は、いきなり体当たりに裏手の戸を打ちこわすと、手おけをつかんで中へおどり込んだ。

たまぎるような、汚物を浴びた男女の悲鳴!!

屋内にみなぎるすばらしいにおい!!

「ざまを見ろ!!」

せいせいして裏手へ出てくると、ポンと肩をたたくものがある。

「あ——原……」

仲間《ちゆうげん》の変装でほおかむりをした原八郎五郎が、ニヤニヤしながら、

「おい、虎之助。やったなあ」

「はッ——」

「いやよくしてくれた。わしもちょっと気持ちが良かったよ」

まことに、くだけきった原八郎五郎の人なつこい微笑であった。

「まだ早い。どうだな虎之助。長国寺前へ行っていっしょに飲むか」

以来、虎之助は、原の庇護《ひご》を受けるようになった。

徒士組《かちぐみ》から横目に回され、十石三人扶持《ぶち》を加増して計二十石三人扶持になったのも、原の計らいだ。それに何かと細かに気をつけてくれ、

「たまには飲め」

と、気やすく、三日月堀《ぼり》の屋敷へ呼んでくれては、差し向かいにごちそうしてく

がかわいいといったふうなのである。

原の悪評も、そろそろ立ちはじめたころであるが、虎之助は、

（一国の執政が、このくらいのぜいたくするはあたりまえなのではないか。昔の功労を忘れて、一概に原様を悪いとかたづけることはできん。おれが見たところ……いや少なくとも、おれには好きな男だ）

そう思わざるをえない。

しかし、原が、窮乏にあえぐ藩政をよそに、江戸へ出府したおり、吉原《よしわら》から浜川という遊女を四百五十両もかけて身請けし、松代へ連れ帰ったときには、

（少しやりすぎるな、太夫も――）

と、そう思った。しかも原は、信安にもすすめて、同じ吉原から桜木という遊女を、お登喜の方などと名のらせて松代へ同行させた。これには六百両ほども身請けの金がかかったという。

このへんから、信安と原の享楽は止めどがなくなってきた。

一藩の政治も、足軽の、年に三両から五両ほどの給料を一年も払えない、それも藩主と執政の遊興のためとあってみれば、恩田木工をはじめとする家老職の一部や正義の士が憤激するのも無理はなかった。

だから反対派を押え、陰謀と探偵《たんてい》の網をひろげなくては、原も安心できなくなる。

虎之助の役目も、妙に殺伐たるものになってきた。

表面は黙っていても、虎之助は原の手先として働く自分に向けられる白い目を感じないわけにはいかなかった。

(しかたがない。どうにもならぬ。おれは、太夫を憎めない。裏切ることはできない――以乃を失ったおれの人生など、もうどうでもよいのだ。こうなったら太夫とともに運命を共にするだけのことだ)

そう腹が決まると、

(なに、一藩のなりゆきなどたいしたことはない。どうせ人間短い一生なんだ。どうせバカ殿様に使われるだけなんだから……)

と、無理にも自分の理性に水をかけてごまかすようなこともおぼえた。

寛延二年の正月――以乃が、松本から帰ってきた。

子どもが生まれぬからという理由で離別されたのである。

そのころ小林郡助は、妻帯して荒神町のやや大きな家に移り住んでいたので、虎之助は、以乃に会う機会もなかった。

以乃もけっして外へは顔を出さず、そのうちに兄郡助から願い出て、以乃はお城の御殿へ侍女奉公に上がってしまったのである。

(一目、会いたいなあ)

虎之助は、矢もたてもなくそう思った。

また何か、希望がわいてくるような気もした。

おりを見て、原に願い、以乃を迎えるように計ってもらおうとも考えた。まだ勢力の衰えていない原の一言には、小林もさからうことはできない。

(それにしても、以乃はおれのことを、まだ思っていてくれるのだろうか。おれが三十のこの年までひとり身でいることは、すぐわかることではないか――とすれば、なんとか、以乃から連絡があってよさそうなものだが……)

そんなことを思っているうちに、春夏秋と過ぎ、十二月二日の雪の夜小林郡助の原八郎五郎襲撃となったのである。

小林は——夜ふけまで城中で執務をして退出した原に斬りかけた乱心者ということにされてしまった。信安は江戸出府中だったが、原の独断のもとに、小林を斬った自分の部下の井上半蔵はおかまいなしということになった。

小林の妹、以乃は御殿から下されて、荒神町の屋敷へ押しこめられ、厳重な見張りをつけられた。

そしてまもなく、以乃は自殺を遂げたのである。このことについてはあとで、くわしくのべることにしよう。

翌、寛延三年は、再度にわたり定められた勤務に従わぬ足軽たちの抗議に明けた。

恩田木工が出馬して、これを慰撫《いぶ》し、木工もかなり強硬に、原へ迫って、藩財政の状態、帳簿のすべてを家老職一同に発表すべしといいはじめた。原は突っぱねた。

事態は険悪になった。

虎之助は城下の監察に、江戸への道中筋への見張りに、原の警固に忙殺された。

かくて、この年の夏——虎之助は、江戸への密使暗殺の命を、原から受けることになったというわけである。

密使となった恩田木工の若党、平山重六は、虎之助と同じく、藩の武芸指南、青山大学の門下で、かなりの使い手である。年は四十歳ほどだが、足も速く胆力もある。

4

虎之助も昔、重六と立ち合ったことが何度かあるが負けたことはない。

(しかし、人を斬るのははじめてだな)

いやな気もしたが、またその反面、久しぶりに闘志がわいてきたことも確かだ。

かつて、青山門下の竜虎《りゅうこ》として、家老望月治部左衛門《もちづきじぶざえもん》の長男、主米《しゅめ》と並び称された思い出が、ふつふつと虎之助の腕によみがえってきた。

刺客三名が、密使に追いついたのは、松代から約四里ほどのところだ。

地蔵峠山麓《さんろく》の部落に馬を捨て、峠を越え、尾根路をちょうちんの灯《ひ》とともに進みながら、渓流《けいりゅう》に沿って、東太郎山のすそへ下るころには夜が明けかかってきていた。

道は、山すそへ食い込むように、一寸の土でもむだにはすまいと耕された狭い畑の列と木立ちを縫って、上田城下へ伸びている。

「あ——いたぞ」

伊沢太平が、すばやく下げ緒を引き抜き肩に回しつつ、

「児玉。取り囲むか」

「待て——」

虎之助は、耕地とがけにせばまれ、うねりながら流れている洗馬川のふちへかがみ込み、顔を洗っているらしい密使、平山重六の後ろ姿を、やや離れた木立ちの中から見きわめ、

「おれがまずかかってみる。おぬしたちは道の両方に別れ、重六の逃走を防いでくれ」

といった。

重六が、握り飯を食べはじめた。河原に突っ立ったままである。

伊沢も壺井も身じたくを整えると、キラリ、一刀を抜き放った。

伊沢太平は三十六歳。壺井運八郎は二十七歳。ともに原八郎五郎に、その剣の腕と鋭い狡智を買われて、反対派の動向に鼻をヒクヒクさせている連中であった。

壺井が街道に沿った木立ちを縫って走り出した。迂回して密使の上田方面への逃走を断つわけである。

伊沢は、そのままそこに立ち、こちら側を見張る。

虎之助は、まだ刀には手もかけず、ゆっくりと大きく息を吸って吐くと、

「では、いいな――」

伊沢は、うなずく。

虎之助は、静かに木立ちの中を歩き出した。

川の音が、朝の澄み切った大気の中に流れている。

ようやく昇りはじめた太陽は、まだ側面の山はだにさえぎられて姿を見せてはいないが、山と山の間にのぞまれる空は、青く晴れていた。

カタカタカタ……と、どこかでクイナの鳴く声がしたようであった。

人っ子ひとり、影も見えない。

虎之助は、ちょうど平山重六が心を急がせつつ握り飯をほうばっている地点のうしろまで来て、街道へ出た。

ひた走りに追ってきた汗みずくのからだをぬらしていた汗は、冷たい朝の空気に引いてしまっていたが、妙にのどかかわき、虎之助は何度もツバを飲み込みながら、まだ、こちらに背を向けたままでいる重六から目を放さず、腰の竹の水筒をとって水を飲み、これを投げ捨てた。

重六のからだが動いた。食事を終えたとみえ、一度、しゃがみ込んだが、すぐに立ち上がり、かさの緒を結びながら街道へ上ってきた。

と——重六の目が飛び出るかのように、むき出しになった。虎之助を見たのだ。

息づまるような沈黙——。

重六がかさをほうり捨て、抜刀した。したかと思うと、ジリジリと斜めに動き出した。無益に争うことを避け、あくまでも逃げようつもりなのであろう。

虎之助は、重六の動きについて行きながら、間合いを縮めていった。

約二間をへだてて向かい合ったとき、重六は、街道の両側に待ち構えている壺井と伊沢を認めたらしい。

「ひきょう!!」

と、叫んだ。

その叫びに応ずるかのように虎之助は抜刀した。理非のいかんにかかわりなく、剣士として戦う充実感が、久しぶりに彼の五体を快く引き締めた。

（勝てる!!）

ふたりの間の空気が、激しく揺れ動いた。

重六の無言の攻撃はすさまじいものであった。

刀身と刀身がかみ合い、ふたりの影が街道に飛びかい、また離れた。

しばらくふたりとも動かなかった。

平山重六は、恩田木工の信頼を受けている若党だけに果敢であった。逃げおうせぬと知ったときの、この果敢さに、虎之助もちょっとたじろいだ形であったが……。

こんどは、激烈な気合いとともに、またも重六が斬り込んできた。

同時に虎之助もおどり込んだ。

すくい上げた一刀を頭上にかざしつつ、重六と飛び違い、振り向きざまに――斬られつつも立ち直りかけた重六のほおから首にかけて虎之助はこの太刀《たち》を振った。

「ウワッ！……ウ、ウ、ウ」

重六は、刀を落とし、のけぞって転倒した。

とどめを――と、虎之助が近寄ると、あおむけのまま血みどろの顔をわずかに起こし、もうだめだという、あきらめの色とともに、必死の気魄《きはく》をこめ、重六がうめくようにいった。

「児玉さん――わたしは、わたしは、小林の以乃どのの遺書を持参しています」

「な、なんだと……」

「しかたがない。た、頼む。見て、見てください。この場で、あなたが見、見て……」

ガックリと、重六は息絶えた。

伊沢と壺井が駆け寄ってきた。

虎之助はかがみ込んで、重六の懐中から、油紙に堅く密封されたものを取り出し、ややしばらく考え込んでいた。

伊沢と壺井が、重六の死体を木立ちの中へ引きずり込んでから、また街道へ出てくると――

虎之助が、その密書の封を切って、中の手紙を読みはじめているではないか。

伊沢も壺井もぎょうてんした。

「これ、児玉ッ。おぬし、何をする!!」

「児玉さん、そりゃいかん、太夫に、そのままお見せするべきだ」

「児玉ッ――これ、虎之助ッ」

「黙れ――おれは、太夫から読めという許可を得ているんだ」

伊沢と壺井は、不審そうに顔を見合わせた。

日の光が、ようやく川の向こうの山の突端を明るく染めはじめた。

やがて――黙念と二通の手紙を読み終わった虎之助の右の目からすーっと一筋の涙がほおを伝った。

「どうしたのだ? 児玉――」

「何です? そ、その密書は――」

「きのどくだが……」

と、虎之助は、静かにいった。

「きのどくだが、おぬしたちの命は、虎之助がもらった」

話は、ここでふたたび、七ヵ月ほどまえの以乃の自殺の朝にもどる。

小林の荒神町の屋敷は、ずっと奉行所の手で警備されていたのだが、その朝、小林の妻女が、以乃の自殺を発見し、大騒ぎになった。

以乃は、なき兄の刀の下げ緒で両ひざをくくり、作法どおりのみごとな自殺をしてのけた。

虎之助は、犯罪人の家ということで、むりやりにも今までがまんしてきたのだが——これを聞いては、もうたまりかねた。

「昔、隣どうしのよしみもあり、線香を上げに行ってまいりたいと存じますが——」

直接、原八郎五郎に願い出ると、原は、

「ふむ——さもあろうところだ」

と、虎之助をじっと見て、

「小林の妹も、おぬしも……わしはきのどくじゃと思うている」

といった。

取るものもとりあえず、出かけてみると——以乃は、以前のおもかげのまったく消えうせたかのようにやせて、堅く堅く引き結んだくちびるに、ありありと、無念の影が漂っていた。

(松本の婚家先では、どんな苦労をしていたのだろう——子なきがゆえに去る、というが、しかし……)

しかし、あまり幸福な結婚ではなかったようだ。

それに加えて、こんどは兄の死——しかも藩の犯罪者としての憤死である。

(おれのことをなんと考えていたのだろうか。原の下に働いていることを知ってあいそをつかしたものか……それとも、もう昔の夢は消え果ててしまっていたのか……)

弔問の客とてはほかにひとりもなかったが、……。

このとき、恩田木工の代理としての恩田家の用人馬場宗兵衛《ばばそうべえ》が、若党の平山重六

と共に堂々と乗り込んできた。役人たちが押し止めようとすると、馬場用人は肩をいからせ、

「文句があれば主人まで申し出なさい。わしは真田藩家老、恩田木工民親《たみちか》の、厳命によってまかりこしたものだ」

押し切って香華《こうげ》をたむけた。

小林家の玄関先で、馬場用人と入れ違いに出てきた虎之助は、ふと、自分の顔を見ている平山重六の目に気づいた。

重六ばかりではない。警衛の役人たちも、昔の虎之助と以乃の恋については、よく知っている。

玄関前では、ちょうど暇を出される下女一名、下男一名が役人から厳重な身体検査を受けているところであった。

「なんだ、なんだ、これは――」

横目の大島某が、下男の伊八の荷物の中から、まき絵の手鏡をつかみ出して叫んだ。

「あ――それは、お嬢さまのお形見でございます」

六十を超した老下男は、チラリと救いを求めるような目を虎之助に向けながら答える。虎之助も昔からよく知っている老爺《ろうや》だ。

「なに、形見だと――？」

「はい。村にいるわたしめの孫が、十六になりまする。それにやってくれよと申されまして、きのうの夕方……」

「ふうむ……」

大島はまゆを寄せて、手鏡をひねくり回した。

「大島。別になんでもあるまい。返してやれ」

虎之助は声をかけてやった。

「そうですな……別に怪しむところはないのですが――とにかく、小林家の品物はいっさい、検査が済むまで出してはならんということでして――」

「ま、よいわ。せっかくの形見なんだ、かわいそうと思ってやれ。おれが責任を持つ」

「は――では……」

感謝の涙を、ふつふつと両眼にたぎらせて、虎之助に一礼し、門を出ていく伊八

の、めっきりと曲がった背中を見やりつつ、虎之助は、

（これで、以乃の供養が、わずかながらできたような……）

その手鏡の中に、薄紙二枚へ細い細い書体でギッシリと、恩田木工にあてた以乃の遺書が隠されていようとは……。

虎之助といえども、まったく気のつかぬことではあった。

虎之助が斬殺《ざんさつ》した密使、平山重六の密書の中に、この以乃の遺書が入っていたことはいうまでもない。

その内容は——離別されて松代へもどり、御殿へ奉公に上がった以乃の見聞がしるされてある。兄の郡助は、出もどりの妹を、密偵《みってい》として御殿へ上げたのであった。

いま江戸にいる信安の愛妾《あいしょう》、吉原の遊女上がり、お登喜の方は三の丸外の花の丸御殿に暮らしているのだが——そこへ、殿様のるすを幸い、三日にあげず原八郎五郎が得意の変装で足軽に化け、ほりづたいに、奥役人永井次郎太夫の手引きにより、御殿の奥、お登喜の方の寝所へ忍び込むことが微細にしるされてあった。

以乃が、確証を握り、これを兄郡助に知らせようとするまもなく、小林は押えに押えていた憤懣《ふんまん》を爆発させ、原を襲ったのであろう。おそらく、偶然に行き合わせて、供もひとりきりの原八郎五郎を倒すには絶好の機会と思ったのか――。

そのときも、もしかすると、原は足軽姿であったかもしれん――と、虎之助は思った。

小林の死から間髪を入れず、以乃に警戒の目が光ったのもうなずけることであった。

――兄の死もやみからやみへほうむられ、以後は自分の身の回りも奉行所の警戒で自由がきかぬばかりか、自分も必ずや原の手によって殺されてしまうことだろう。それよりは、かねがね、兄が信頼を寄せていた恩田様に遺書を差し上げ、自分は、いさぎよく自殺する――と、以乃は書き残しているのだ。

(信頼する恩田様か……すでに、以乃は、おれをたよるべき何ものも失っていたのだろうなあ)

血に染んで倒れている平山重六の死に顔を見おろし、虎之助は悲しくなった。

それにしても、主君の愛妾と密通していたとは……。

（太夫!!　あなたもそこまで落ちてしまわれたのか――）

ガッカリもしたが――それよりも激しく、虎之助の胸に突き上げてきたのは、愛し抜いた女の悲願が、明確に正義への道と結びついていたことである。

（おれが、原と結びつかなかったら、以乃は、おれに、この遺書を託したことだろう。きっとそうだ）

こう思い及んだとき、虎之助は、

（以乃。見ていてくれ。少しおそかったが、これからのおれのすることを――）

奮戦力闘!!　虎之助は、伊沢太平と壺井運八郎を斬り倒した。

虎之助は運よく微傷も負わずにすんだが、クタクタに疲れ切ってしまった。

だが、気力を励まし、三人の死体を山すその森の中へ隠すと、彼は、ふたたび道を松代にとって返した。

虎之助は、すぐに原邸へ向かった。

「手ごわいやつでございました。伊沢と壺井はてがらを争うあまり、重六に倒されましたが、わたくし、重六を仕止め、とりあえず三人の死体は……」

死体を隠した場所へ、すぐに取りかたづけるための者をやってもらいたいと、虎

之助はいい、

「懐中には何もございませんでした」

「ふむ――口頭によっての使いじゃな。さもあろう。恩田のすることだ。さすがに抜けめはないの」

原は、まったく疑いをもっていないらしい。

「苦労であった。帰って休め」

「では……」

家へ帰ると、虎之助は、すぐに下男の茂吉を呼んだ。

茂吉は当年五十七歳だが、二十八のときから児玉家にいて、今もかくしゃくたるものだ。途中、女房をもらい、四年ほど村へ帰ったものだが、女房が病死すると、

（もう女にはコリゴリでござりますよ）

と、またもどってきた。相当な悪妻でしりに敷かれ通していたらしい。

虎之助は、すべてを包み隠さず、茂吉に話した。

「よいことをなされました。よいことを……」

茂吉は感涙にむせんだ。

かねてから
「虎坊さんがかわいくなければ、とっくに、このじいはお暇をもらっております」

と、原の下に働く虎之助へ、よく恨みをいっていただけに、

「おまえが江戸へ行ってくれ。それがいちばん目だたぬ方法だと、おれは思う」

「よろしゅうございます。引き受けました」

茂吉は目を輝かせ、勢い立った。

すでに、夜に入っていた。

茂吉はただひとり、旅じたくもせずに百姓ふうの姿で、ノコノコと家を出て、わざと須坂《すざか》まで迂回し、そのあたりから山越えに大笹《おおざさ》街道を鳥居峠に出ると、吾妻《あがつま》の高原を上州へ抜け、江戸へ向かった。

恩田木工から、江戸の駒井理右衛門《こまいりえもん》にあてた手紙は——同封の以乃の遺書を、信安に見せてもらいたい。江戸も松代も、今こそ立ち上がって原をほうむるときである、としたためられていたのである。

二通の密書は、無事、茂吉から駒井理右衛門の手に届けられた。

愛妾お登喜の方と寵臣原八郎五郎の姦通《かんつう》を知ったとき、伊豆守信安の怒りは頂点

に達した。

信安も近ごろでは、口には出さぬが、あまりにも自分を友だち扱いにし、主君である自分よりも豪華な生活をしている原に不満を持ち始めていたところだったし、家臣たちが、原の威勢を恐れて、むしろ自分をないがしろにする風潮をも苦々しく思っていたところだ。

死を賭《と》した以乃の遺書は、信安に決意させる大きな原因となった。

5

宝暦元年十二月一日——原八郎五郎は、伊豆守信安の命をもって懲罰を申し渡された。

——だんだん不届きの儀これあり、急ぎおしおき仰せつけらるべくそうらえども、おん情けをもって御知行召し上げられ、原郷左衛門へお預け仰せつけらる——

というのであった。

密書を守った小林、児玉両家の下男、伊八と茂吉は、それぞれごほうびをちょうだいした。

この前後にわたって、松代藩には、さまざまな事件が起こり、幕府にもお家騒動の内幕が露見して、あやうく取りつぶしをくうところであったが、恩田木工をはじめとする忠臣によって事をまぬがれた。

恩田木工は、後に、執政となって、窮乏の極に達した松代藩の政治改革を断行し、藩を安泰にみちびくことに成功した。

木工は〝罪を憎んで人を憎まず〟の真田家の家風をあくまでも貫き、後年、原八郎五郎を城外の清野村に隠居させたうえ、原の息子の岩尾に禄《ろく》を与えて取り立ててやったほどである。

そういうわけだから、原のもとに集まっていた者たちの中で、汚職やら何やら、ひどいことをしていたやつどもは、それぞれ罰を受けたが、それもかなり寛大な処置であった。

松代藩については、もうこのくらいにしておこう。

それよりは、児玉虎之助である。

虎之助は、原八郎五郎が懲罰された翌年の宝暦二年の二月、——江戸藩邸に召喚され、出府中の恩田木工から特別の申し渡しを受けた。

平山重六殺害の罪はまぬがれぬところだが——その際、心機一転、よくお家のためにつくした功績を認めたうえ、旧禄十石に減俸のうえ、徒士組へ回す——というのであった。

つまり振り出しへもどったわけである。

「恐れながら——」

と、虎之助は、

「ご寛大なるご処置を受けまして、てまえただただ恥じ入るばかりでございます。この恥多き身をそのまま、真田家の家来として過ごすわけには——苦しくて苦しくて耐えられません。なにとぞ、おいとまを賜わりますよう……」

恩田木工は、ひょろ長いからだの上の、穏和な、にこやかな顔を、ふっと引き締め、

「浪人はつらいぞ」

こちらの全身へしみ渡るように、暖かい声であった。

虎之助は冷や汗が吹き出すのを感じた。

（なぜおれは、この人の敵方についたのだろう）

しかし、なおも虎之助は、

「覚悟しております。なにとぞ、おいとまを――」

「宮仕えにいやけがさしたのか……そうであろう」

「は――」

それもあった。

「よし。許そう。好きなようにせよ」

「ありがたきしあわせに存じまする」

「しばらく待て――」

人払いした御用べやで、しばらくの間、ぽつねんと待っていると、やがて恩田家老は、何か大きなふくさに包んだものと白い小さな紙包みを持って現われた。

「虎之助。これはお上よりくだされる。お受けしなさい」

木工は紙包みのほうを出し、虎之助へ渡した。金だ。

「恐れ入りましてございます」

虎之助は、ありがたく、すなおにちょうだいすることにした。
木工は次にふくさ包みを出し、
「これは、わしからおぬしへのはなむけじゃ、取れ。開いて見なさい」
押しいただいて受け取り、ふくさを払い、中の品物を見た虎之助は、「あ――」
と目を見張った。
それは、あの以乃の遺品であった。
遺書が潜んでいたまき絵の手鏡なのである。
「以乃も、あの世で、よろこんでおるだろうな、虎之助――」
と、恩田家老がいった。
もうたまりかねた涙が、いちどにどっと……。
児玉虎之助は、手鏡を抱き込むように、肩を激しくふるわせて畳に突っ伏した。

秘　図

1

東海道金谷宿《かなやじゆく》の尾州家七里役所に長く勤めた足軽友右衛門《ともえもん》の子で後に身を持ちくずし、三河・遠江一帯を、三十余人の手下とともに跳梁跋扈《ちようりようばつこ》する大盗となった日本左衛門《ざえもん》こと浜島庄兵衛《しようべえ》逮捕の命が、月番老中堀田相模守《ほつたさがみのかみ》から徳山五兵衛秀栄《とくのやまごへえひでいえ》に下ったのは、延享三年（西暦一七四六年）九月九日のことである。

徳山五兵衛はこのとき五十七歳。この年の五月から江戸内外の火災予防、盗賊逮捕、博徒取り締まりを行なう火付け盗賊改めに就任したばかりであった。

五兵衛は、ただちに、選抜した部下のうち与力堀田十次郎、同心磯野源右衛門《いそのげんえもん》ほか八名を、役宅を兼ねた本所石原の自邸へ呼びつけ、

「きゃつめは義賊なりと自称して大百姓大町人へ押し入り、しかも必ず押し入り先の婦女子をはずかしめずにはおかぬということじゃ。実に上のご威光を恐れざる言

語道断ふらち至極のやつばら！」

　五兵衛は五尺七寸もあったというからだをいわおのようにいからせ、凛然として部下に気合いを入れた。

「近辺の陣屋、代官所においても彼を捕えること成らず、先年からたびたび、ところの町民百姓から公儀へ訴え出ておったが——このたび、大池村の庄屋三右衛門《さんえもん》方へ押し入り婚礼間近の娘さえもはずかしめ金千両余を強奪したむね、この二日に北町奉行所まで訴え出た。かくて御老中より火付け盗賊改め方へ召しとりのおん下知があったことは、近年、盗賊改め方に対する不評を一掃するに、またとなき機会であると、わしは考える。どうじゃ、堀田。そうであろうが——」

「はッ——」

　与力堀田は辟易《へきえき》した。

　寛文年中に幕府職名となった火付け盗賊改め方は、奉行所という司法、警察制度の外にあって自由に活動する一種の特殊警察だ。それで、ともすれば、整然たる法規と威力によって君臨する奉行所よりも一段下がった役目だと見られ、町奉行はひのき舞台、盗賊改めはこじきしばいなどと俗に呼ばれている。事実そのころは事ごとに奉行所から差別をつけられるようになってきていたのである。

こうした空気は、いきおい盗賊改め方の警吏に響いてくる。反発と劣等感がない交ぜになり、無理にも犯人を捕えようとする功名心から悪質の手先などと結託して失敗を重ねる与力同心もふえる。また犯罪に味方するわいろが横行し、警吏のうちから逆に奉行所へ引き立てられて行くものも出てくる。

それに近年は、おのが配下を取り締まることさえもろくにやれないなまけもののおかしらが少なくない。

現に、五兵衛の先任者小浜平右衛門《へいえもん》などは微温湯のような事なかれ主義で、勤務の実績は居眠りをしていたのだ。

与力同心たちのほとんどは前任者から引き続き五兵衛の配下になったものだが、そうなるといっぺんに、だらけきった気分に活を入れられた。

五兵衛は率先励行して毎日の夜回りに顔を見せる。武芸の訓練に配下を集めみずから汗を流す。これがまたやたらに強い。腕自慢の警吏たちも木刀を持っては、しらがまじりの五兵衛から赤子のようにあしらわれるのである。

そのうえに五兵衛の言動のすべてからかもし出される威厳俊邁《しゅんまい》の風格が、一同を圧倒した。

濃く太いまゆの下の、切れ長の妙に底深い光をたたえた双眸《そうぼう》。これ以上に完璧な形はあるまいと思われる鼻。富士山を線がきにしたかのように、しっかりと引き結ばれたくちびる。豊かな耳の穴からモジャモジャとはえ出している毛さえも、このりっぱな容貌の引き立て役以外の何ものでもない。

いえば典型的美男でありながら、あくまでも武将の気魄《きはく》に満ちた五兵衛のそれは――語り伝えられるところの大御所（家康）の四天王として天下に武名をうたわれた本多平八郎忠勝《ただかつ》なんどという猛将のおもかげを忍ぶに足るべしと、配下のもののうわさしきりであった。

本所の徳山といえば旗本中でも評判のやり手だと聞いてはいたが、五兵衛就任以来、配下一同はしりの穴までも緊張に堅くなった。

「われらが役目は、無宿無私の徒を相手に、こまごましい規則も、こせこせとめんどうな手続きもいらず刑事に働く、いわば軍政のなごりをとどめる荒っぽいお役目である――だが時世が移り、制度が複雑になってまいるにつれ、役に当たるものが戦国武士の緊迫を忘れて数々の失敗を引き起こし、ついに不評をこうむるに至った。不肖徳山五兵衛、この不許を根絶せんとして努力を払っておることはいうまでもない。よってこのたびの大盗捕縛については、是が非にも……」

と、五兵衛はキリリと背を正し、

「いやもおうもいわせぬ。なんとしてもおぬしたちの働きによりきゃつめを引き捕え、盗賊改め方の威名を天下に示してもらわなくてはならぬ。よいか！　よいな！」

堀田与力は顔面をこわばらせ、

「か、必ず捕縛を――」

「わしも出役する！」

異例であった。普通なら部下を派遣するだけだ。

一同、畏怖《いふ》をこめて平伏した。

それから三日めの九月十二日の未明――与力同心以下二十二名を従え石原の屋敷を発足した徳山五兵衛は、濃い朝霧を縫って、お竹蔵に沿った道を両国橋に進みながら、

（東海道を旅するのは三十余年ぶりのことになるかな）

と、若き日の自分にふいと感懐がわいた。

そのころの五兵衛と現在の五兵衛の環境については、変われば変わるもの、朝顔が夜ふけに咲くほどの変化をとげている。

五兵衛は大盗捜査の本拠を、遠州の大邑《おおむら》、掛川と見付にはさまれている袋井宿におくつもりだ。

五兵衛は盗賊どもの耳へ油断を吹き込むため、江戸へ訴え出た庄屋三右衛門には──奉行所へ訴えても格別力を入れて取り上げてくれた様子もない、がっかりして帰ってきたといううわさを近隣へ流布させるように仕向けておいた。そのうえになお、非人がしら車善七に計って選んだ数名を先発させてある。

非人を探偵《たんてい》に使うようになったのは、ついさきごろの享保年間からのことだが、彼らが土地土地の無頼の群れにまぎれ込み、または宿場をうろついて流言を放ち、探索を進めることに打ってつけであることはいうをまたない。

「さすがだな。うわさのとおり何事にも気の届く、ありゃ通り一ぺんの武骨とは違うぞ」

配下の与力たちも、新任そうそういささかのすきもない五兵衛の処置に彼への感服の度を増すことにした。

日本橋から芝口を抜け、右手に増上寺の森が近寄ってきた。

霧もはれた。朝の日が一行の刀のさやにきらめいた。

三十余年まえ——自暴自棄にすさんだ目をすえ、あてどのない旅にのぼっていった五兵衛は、いま同じ東海道を二千七百石の旗本、盗賊改め徳山五兵衛となって、まかりまちがえばあやうく自分も投じかねなかった盗賊どもを退治に出かけていくのである。

（あのとき……袋井宿ではひなた臭い飯盛り女を抱いたものだ。たしか一夜で四百文、いや五百文であったか……）

五兵衛は、かさのうちに苦笑を漏らした。

2

徳山家は加賀の豪族土岐氏の分かれで、美濃国揖斐郡《いびごうり》徳之山谷《とくのやまだに》一帯を治めていたが、慶長十一年、徳山直政の代に徳川家康へ帰属した。以来、旧邑《きゅうゆう》を幕府から与えられ、代々世襲して旗本に列してきている。旗本と一口にいっても上から下まで三万に近い中に、徳山家は、身分も俸禄も、どうやら申し分のないといってよい家がらであった。

五兵衛は妾腹《しょうふく》に生まれた。父の本妻の子で彼の兄に当たる重朝《しげとも》が元禄八年に早世したので、父の重俊《しげとし》は彼を――（以下しばらくは五兵衛の前名に従い、彼を権十郎と呼ぶことにしよう）権十郎を跡継ぎにするつもりで、元禄十三年に十一歳の権十郎ははじめて将軍に拝謁を許された。

家督も継げず世に出る希望もなく、懶惰《らんだ》な高等遊民となるよりしかたのない武家の次男坊としては、恵まれすぎていた権十郎である。

しかも彼が、五百文の飯盛り女を買うような放埒無慙《ほうらつむざん》におぼれ込んだのは、厳格な父親のしつけに耐え切れなかった放蕩《ほうとう》息子だからだと、簡単にかたづけてしまえないものがあった。

事実、権十郎は、ことに武芸を好み、父にむち打たれるまでもなく懸命に精を出したものだ。

権十郎の母の静は、本石町十軒店の扇問屋、駿河屋又兵衛《またべえ》の娘で、徳山家へ侍女奉公に来ていた。

父重俊は本妻の没後、静に手をつけ、再婚をしなかった。静が難産の末に権十郎を産み、精も根も尽き果て、激しい産褥熱のうちになくなった後も、重俊は妻帯しなかった。心から静を愛していたものと見える。

母の代わりに権十郎を育て上げたのは、徳山家の給人を勤めていた永山兵助の娘、千である。

千は不幸な女で、旗本某の家来だった夫が病死した直後に赤子を産み、つづいてその子を疫病で死なせるという悲嘆を背負い、ちょうど徳山邸内の実家へもどってきていたのだ。

それだけに千は、半ば気違いじみた愛情で、そのはち切れんばかりの乳ぶさを権十郎に含ませた。

後年、五十を超えてからは骨っぽくゴリゴリして来たからだにすごみをきかせ、千は徳山家の老女として侍女たちに畏怖を与えるようになるのだが……当時は肌の熱い、豊満な、体臭の濃い、感情の動きの強い女で、権十郎の小さなぶよぶよしたからだは、彼女の指やくちびるによって執拗な愛撫を受けたものだ。

権十郎が成長してからも、幼時の追憶として脳裏にまず浮かぶのは、自分のほおや手足をはい回る千のくちびるの感触である。その生暖かく甘ずっぱい体臭である。

千は女として男に対する、失った子どもに対する飢渇のすべてを権十郎に投げ込んだ。こうした女の全身をかけた愛情が、見るからにひ弱そうだった権十郎を、後に外神田《かんだ》の窪田《くぼた》道場でも名うての腕まえとなるまでに育て上げたのであろう。

と同時に、権十郎の肉体は、女の生身というもの、その肌の感触やにおいや、ぬめぬめしたくちびるの味わいなどを赤子のときから敏感に吸収しつづけてきたわけだ。権十郎の女に対する官能は人の二倍三倍も早く熟してしまった。十四歳の夏のことだったが、夜半に侍女のへやへ忍び込みけしからぬふるまいに及ぼうとしたのを騒ぎ立てられ飛び起きてきた父親に手ひどくせっかんされた。

父の監視と教育はとみにきびしくなった。そしてまたそのころから権十郎の武芸は目に見えて上達したといわれる。

権十郎がせきを切ったような遊蕩三昧におぼれ込んだのは二十歳のときであっ

た。

この手引きをしたのは二之丸御留守《にのまるおるす》を勤める鷲巣伊織《わしすいおり》の次男坊で平之助という男である。まえに窪田道場へ来ていた剣術仲間だ。当時もたまたま現われては荒っぽいけいこに汗を流し、

「おれなどはな、権十郎さん、兄きどもが家を継げばビタ一文も手に入らなくなるのだ。同じ腹から絞り出されてもあととじゃ、こんなにバカバカしい差別をつけられるんだから侍もやりきれたもんじゃない。遊びの金にも詰まってムシャクシャするときは、こいつがいちばんだ」

と、そんなことをいうだけに手筋もよかった。

「同じ次男坊でも、権十郎さんなどはうまい話さ。だが今のうちだよ遊ぶのは——いまに家督をしてお役目にでもついてみろ、身動きができなくなる——どうだ、一度おれについて来ないかな」

「どこへだ？」

「行くところにゃ困らぬ。吉原もよいが、近ごろは深川の茶屋にもだいぶ女がふえたそうだ」

「わたしのところは父上がやかましい。いっぺんに勘当だ」

「そこまで行くにはなかなかのことだ。げんにおれなどは親兄弟、親類から、鼻をつままれてだいぶになるが、それでも首はつながっているのだ。親なんど甘いものだよ。それに権十郎さんはだいじな跡とりだしな――親どもにしかられることなど慣れてしまえば蚊にすねを食われるよりも平気になる」

平之助はくしだんごのような鼻をピクピクさせて笑い飛ばした。

「しかし、わたしには金が……」

「かまうことはない。金がだめなら刀でもなんでも蔵から持ち出して売り飛ばせ。なに三つか四つおやじになぐられたところで、こっちは剣術で鍛えてあるんだ。老いぼれおやじの腕のほうが先にしびれてしまうさ」

「アハハ……なるほどなあ」

父の目をかすめ、深川の岡《おか》場所へ誘われたのがきっかけとなった。権十郎は、たちまち目もくらむ官能の世界へ引っ張り込まれてしまった。

深川や吉原、しばい町の女たちを相手にくむ酒の味。大名屋敷の仲間《ちゆうげん》べやにもぐってするばくちの興奮。胸をかきむしられるせつなげな三味線の音……あやしい夜の衣装をまとった享楽の一つ一つに、権十郎は夢中でしがみついていたのだ。

わけても彼の鋭敏な五官は女体を求めてやまない。その耽溺に打ち込む強烈さはただごとではなくなってきた。しかも生来、美貌の持ち主だものだから遊蕩にかかる拍車は、その度合いを加える一方である。

土蔵から品物を盗み出しては、平之助の指導による変装でへいを乗り越え夜遊びに出かける権十郎を、いくらうばの千や家来たちがいさめたり、発覚まえに引きもどそうと試みてもむだだったし、またとうてい隠しおおせるものではなかった。

父重俊は、これを知ると激昂して権十郎を庭先へ引きずり出した。

「恥知らずめ！　親の慈悲じゃ。殺してくれる」

庭先にすわり込み、ふてくされていると、重俊はなげしの槍をとってその柄でなぐりつけ、石突きで突きまくった。むろん手向かいはできない。

「死ね！　死ねい！」

死ねと叫びながら父親は、急所をはずして息子をなぐり、突くのであった。権十郎は失神した。そこへ千が飛び込んだ。必死である。悲壮に白目をつり上げ、狂乱の体で、

「お待ちくださりませえ！　若さまはわたしが命に替えておいさめ申しまする。何事も、何事も、このうばが不注意にござります。若さまのお身がわりに、千を突いてくださりませえ……」

執拗に武者ぶりつくものだから、さすがに老齢の息も切れてくるし、重俊は持てあました。

千は、すかさず権十郎を家来どもにかつぎ上げさせて屋内へ運び込み、いちおうはけりがついた。

六日ほどたった夜のことだ。権十郎の看病に疲れ、次の間に詰めきっていた千が、着のみ着のままで眠り込んでいると……夢うつつのうちに、千は、股間に久しく忘れていたあの感触をおぼえ、胸に重くのしかかってくる荒々しい圧力に、ギョッと目ざめた。

「あッ——何、何ものじゃ！」

「しッ——」

「あ——」

「しッ——」

「わわ、わ、若さま——」

意外、権十郎なのである。

これには千もあきれ返った。力をこめて突き放し、声涙下るままに、

「あなたさま、この千を、あなたさまに乳を含ませたこのうばを——まあなんとされようとでござります！」

なじられて権十郎も鼻白んだ。

「すまぬ……」

と一言、ぱッと自室へ逃げ込んでしまった。

権十郎が出奔したのは翌日の明けがたである。

重俊は断固として、勘当の処置に出た。

権十郎は、まず亡母の実家で扇問屋の駿河屋久兵衛方へころげ込んだ。

駿河屋と千の間に連絡がついた。千は何度も足を運びいさめにかかったが、こんどはやけぎみになった権十郎の放埒はやむべくもない。しだいに悪い仲間もふえてくるし、どういうことになるかしれたものではなかった。

勘当を受ければ身を保証する何物もなく、彼はもう一介の無頼漢にすぎない。町

なかで何か悪いことでもすれば有無をいわさず引き捕えられ、徳山の家名に傷つけること必定である。

駿河屋にとっても権十郎は家の孫に当たるわけだからかわいくないことはない。はらはらと気をもんでいるうちに——宝永七年の秋のある夜、忽然《こつぜん》と権十郎が姿を消した。駿河屋から持ち出した金二十両ほどをふところに、ふらりと旅へ出たのである。

落ちめになった彼をチヤホヤしてくれるものも少なくなり、かの鷲巣平之助なども、しゃぶりとるだけしゃぶりとって姿も見せない。権十郎も、よくよく江戸での生活にいやけがさしたものとみえる。

東海道をあてどもなく、無頼の明け暮れに、あっちこっちと回り道をしながら、徳山権十郎が京へ着いたのは翌年の正月であった。

袋井宿で飯盛り女を抱いたのも、この途上においてのことだ。

袋井は江戸から五十九里余りだが、五兵衛一行は九月十四日の夜ふけには宿へはいった。

3

一行は、見付、袋井、掛川の三宿に分散した。

五兵衛は与力堀田以下九名とともに、袋井宿本陣、田代八郎左衛門《たしろはちろうざえもん》方へ入った。あくまでも隠密《おんみつ》裏にというたてまえだから、本陣でも主人以外はだれも一行の使命を知らない。表向きは、帰国する岡山藩士、大沢甚太夫《じんだゆう》一行ということになっている。

捜査は意外に早く決着した。

二日後の夕暮れに、先発隊の手引きにより、同心辻駒次郎《つじこまじろう》が、見付宿手前のみかいの村のはずれにある橋のたもとで、大盗一味の天竜《てんりゅう》の金兵衛《きんべえ》をつかまえてきたのである。

日本左衛門は、この辺一帯の無力な警察状態を嘲笑《ちょうしょう》しきっていた。よほどの危険がない限り、一味の者は白昼濶歩を平気でやる。さきごろも、駿府《すんぷ》城下へ夜盗に入ったときなどは、夜回りの警吏に発見されたが、日本左衛門は手下と警吏が斬り合うのを、ゆうぜんと表通りにすえた床几《しょうぎ》にかけ、キセルをくわえつつながめていたというふてぶてしさであった。

五兵衛は、金兵衛を本陣の土蔵へ押し込め、徹夜で拷問にかけた。手足を縛ってつるし上げるエビ責めである。本来なら、この拷問は老中の許可がなくては行なえないことになっているのだが、そんな手続きをするくらいなら、この場合何のための機動性ある火付け盗賊改め出役だということになる。五兵衛はみずからこん棒を振って徹底的に締め上げた。始めは、

「フフン。こっぱ役人の月並みなおどしに小便たれるようなおれだと思っていやがるのか」

などと、ふんぞり返っていた金兵衛も、宿場のかなたこなたで鶏が鳴きだすころになって、ついに音をあげた。

十九日夜、一里半先の見付宿、万右衛門《まんえもん》方で、日本左衛門が夜通しばくちを催すことを、彼は白状に及んだ。

準備は遺憾なく進められた。

十八日の、いや十九日の朝をまもなく迎えようという時刻であったが、小用に起きた堀田与力は、本陣の内庭に面した廊下の向こうの寝所からあかりが漏れ、まだ起きているらしい五兵衛のせきばらいを耳にした。

いつの間に降りだしたか、かなり強い雨音が冷んやりと廊下に立ちこめている。

（まだお目ざめだ。あすの用意はすべて整っていたはずだが——どこかおからだのぐあいでも悪いのだろうか……）

あしたの大事を控えているだけに堀田も気になった。スルスルと近寄り、障子の外から、

「まだお目ざめでございますか」

返事はなく、何かあわてて書類でも動かしたような、ざわついた紙のすれ合う音が聞こえた。

「おかしら様……」

「うむ……なんだ、まだ起きていたのか、急用でもあるのか？　どうしたのだ？」

立てつづけに、しかもろうばいの気味あるその声を、堀田は職務がら、変だなと

思った。

紙の音がやんだ。

「ま、入れ」

障子をあけて見ると、五兵衛は着衣のまま床の間の前に小机を置き、左の片ひじをそれへつき、右手でキセルをくわえかけたところである。それが取ってつけたような不自然さであった。

五兵衛の顔面がポッと上気し、目の光が異常な興奮を宿しているのを、堀田はピリリと感得した。

それも一瞬のことで、たちまち五兵衛はいつもの威厳をよそおい、

「何か出来《しゆつたい》でもいたしたか？」

「いえ……」

堀田のいうことを聞くと、五兵衛は、ゆったりと、

「つい寝そびれたので日記をな、日記をつけておった。いや心配をかけてすまぬ。さ、休んでくれい」

「は――では……」

一礼しかけて堀田は

「茶のしたくでもいたさせましょうか？」

「よい。わしも、もう休む」

堀田は引き下がった。だが堀田十次郎は、その後も、この夜の五兵衛の挙動が気にかかり、しこりになって残った。そのしこりは一生解けぬままであったが……。

堀田が去った後、五兵衛は、かなり長い間、床の間にしゃれて生けてあるリンドウの、青紫の小さなつり鐘を上向きにしたようにも見えるかれんな花びらを、黙念と見入ったままである。

弱まった雨音の底から、内庭で鳴く虫の声がかすかに聞こえてきた。

五兵衛がひざをくずした。座ぶとんの下から美濃《みの》半紙の一じょうを取り出し机上に置く。そしてチラリとあたりをうかがうようなこなしを見せ、おもむろに半紙をひろげ、何か書きかけの紙面に目を凝らす。

やがて、五兵衛はふところに手を突っ込み、丸め込んだ半紙数枚を取り出し、ていねいにしわを伸ばす。どれにも何か描かれてある。

彼は、その一枚一枚を熟視しては何か口の中で独語しつつ、しきりに小首をかしげていたが、ついにそのうちの一枚を選んで机上に置き、新しい半紙を上にのせた。透き写しをやるつもりらしい。

五兵衛は矢立ての筆をとる。細目の使い込んだ筆だ。本陣備えつけのすずり箱には目もくれない。彼は、ひたと紙面に目をすえ、かきはじめた。

あぶらの乗った太い手が、指が、細い筆を巧みに操作し、見る間に紙面へ繊細な曲線をかきだしてゆくのである。

五兵衛の双眸は、楽園に遊ぶ童児のような情熱に輝き、じっとりと汗が、手のひらにも額にもにじみ出してきた。

もはや、このときの五兵衛には、日常の古武士然としたいかめしい風格をどこにも見いだすことができない。赤子が母親の乳ぶさにかじりつくような懸命さであり、無我の境にあるらしい。

雨がやみ、空もどうやら白みかかったようだ。

やがて……五兵衛は筆を投げ、かがめた背を伸ばして大きなあくびをやった。絵ができ上がったらしい。

彼は完成の一枚を見て至極満足なうなずきを繰り返す。そしてこの一枚以外の書き損じを集め、あんどんから移した炎によって火ばちの中で燃やしてしまう。その間に、机上に置かれためでたく完成の絵をのぞいて見ることにしよう。

描かれたものは、女と男である。しかも裸体の……。その裸体二つが、また妙に複雑な形で組み合い何やらしている。などと小むずかしくいうまでもない。これは男女の交歓を描いたものだ。秘戯画である。

女は町方ふうの勝山まげ、男は武士だ。女の丸いしりの下からはみ出して、堅く突っ張ったそのひざ、ふくらはぎのあたりにからみついている長じゅばん。そこへぴったりと腰を寄せ、女を抱きしめている武士の舌は、がっくりとまくらから首を落とし、喜悦に酔っている女の耳たぶをなぶっている——という図であった。

まくらもとの男の大小から畳に落ちた女のかんざしに至るまで描写に抜かりはなく、ことに女の姿態、表情などは、祐信《すけのぶ》の風俗画や、豊信《とよのぶ》、重長《しげなが》の紅絵、師宣《もろのぶ》の一枚画などに描かれた女たちの、まだ様式から抜け出し切れないそれよりも数段生なましく、閨房《けいぼう》のにおいてんめんたる肉感に満ちているではないか。

もし堀田与力がこれを知ったらどんな顔をするだろう。まして五兵衛を畏敬《いけい》する部下や友人の旗本連中や謹直な家長としての彼のみを知る家族、家来——ことに妻の勢以《せい》がこのさまを見たら、肝をつぶして失神するにちがいない。

後に、無頼の徒から〝鬼〟と呼ばれた徳山五兵衛の、これが唯一の趣味なのか――それだけではあまりにも説明が簡略すぎるというものだ。

秘画と五兵衛の結びつきについては、もう一度、三十年まえにもどり、放浪のわらじを京に脱いだ若き権十郎の時代に話をもどさなくてはなるまい。

4

宝永八年は改元のことあって正徳元年となった、その正月――懐中に一両余を残して京へ着いた徳山権十郎は、時に二十二歳である。

東山、比叡《ひえい》、鞍馬《くらま》、嵐山《あらしやま》などの山脈に囲まれ、あくまでも優雅沈着なふんい気のうちに呼吸している町や人の、溌剌《はつらつ》としてはいても雑駁《ざつぱく》な江戸のそれとはまったく趣を異にしている皇都の風物に心を移す余裕もなく、金を使い果たした権十郎は、骨の髄までしみ通る底冷えの激しさに驚いた。

江戸でも、京へ向かう道中でも、彼は悪事の一通りには首を突っ込んでおり、種々雑多な無頼漢どもの生態にもなじんできていたし、いっそもう、このまま切り取り強盗でもやってのけてくれようと、下京の町家のあたりをうろついたり、四条の茶屋からほろ酔いに鴨川へかかる裕福そうな武家のあとをつけたこともある。

だが知らぬ土地で仲間もいないひとりぽっちの境涯が、決意をいすくませた。このとき悪党のひとりもそばにいたら、まっさかさまに悪の道へ転落したにちがいないのだ。

「しかたがない……思い切って出向いてみるか……」

もともとそれが意識の底に潜んでいたものらしい。ふところが心細くなってからは、美濃の徳山家領地へ回ってみてなんとか金を引き出そうと思いつつ、知らず知らず京へ足が向いてしまったのもそれであった。

権十郎はある日、まえに聞き知っていた二条河原《かわら》町という住所をたよりに、淀《よど》川の船支配を勤める木村和助を訪問した。

木村は京都在勤で百五十石の旗本だが、戦国の世には徳山家の家来筋だったというつながりがある。現に権十郎のおじ、徳山重次の二女が当主和助にとついでいるのだ。

おそらく江戸からの知らせで自分のことは耳に入っていることと思うし、落魄《らくはく》の無心に頭を下げることはたまらないことだったが、背に腹はかえられない権十郎であった。

「おうおう——貴公が権十郎殿か。そうか、そうか。わしがところへ見えられてまことにけっこう。さ、お上がりなされ。京は江戸と違って寒いところでござろう？」

木村和助はちょうど非番で、家来の取り次ぎを受けると妻（つまり権十郎の従妹に当たる）とともに飛び出してきて、気の優しい男だと聞いてはいたが、それにしても意外の歓待ぶりなのである。

権十郎としてはもちろん辞退の理由はみじんもなかった。

権十郎が祇園社《ぎおんしゃ》の境内にある茶店の女主人、お梶《かじ》の寵愛をこうむるようになったのはまもなくのことである。

お梶は権十郎よりも七つ上の大どしまで、お百合《ゆり》という七歳になる娘がある。もと四条のある茶屋の女房だったが夫の死後、店を義弟に譲り渡して自分は祇園社の茶店の権利を買い受け、至極のんきに日を送っていた。権十郎も、ちびちびと木村家からこづかいを引き出しては、ようやく春の水かさを増した鴨川を渡り、祇園周辺の茶屋をうろつく。

このあたりは祇園社の鎮座によって社頭に早くから集落が発達したところで、四条通りをはさむ門前一帯には茶屋が押し並び、店によっては安直に茶立て女と遊べるので、権十郎としては京の居ごこちもまんざらではなくなってきた。

それに木村和助は妙に寛容なのである。

「度を過ごしてはなりませんぞ、何事もな。また度を過ごさせるほどのものをこの和助が持っていようはずはない」

「まことに申しわけないと存じているのですが……」

「金一両でよろしいか」

「はあ……」

「これで当分はなりませんぞ」

「あいすみませぬ」

それにしても一両、二両と、たび重なるにつれ、小身の和助にしては返金のあてもないいそうろうの自分に、よくもつづけて――と権十郎も不審に思ったが、そんなことよりも彼は、京の女に酒に、夢中であった。

江戸にいたころのむてっぽうな放蕩はできない。そこには木村家への遠慮もあるし、不如意な遊興費をたいせつに使うだけに、権十郎の遊びぶりはかえって入念のものとなってきた。

そのころ、祇園町の美姫《びき》を擁するための費用は、花七匁泊まり二十三匁五分、新地の女は花二匁泊まり十一匁である。銀六十匁を一両として新地で遊べば、かなりの満悦を味わうことができた。

（それにしても女というものは、こういうものだったのか――）

権十郎は賛嘆した。京の女たちの丸顔で、ややしもぶくれの柔和な顔つきと、いかにも優美で、おっとりとした姿態の動き――それは茶屋ひとつをとってみても、江戸とは格段の相違がある。江戸女のあだっぽさも、むしろ粗野でどろ臭いと権十郎は回顧した。衣装の好みの洗練さにしても問題にならぬではないか。

こうして祇園の遊所へ足を運ぶ権十郎が、近くの祇園社の境内へ出かけて木立ちのにおいを運ぶ風に昼酒のほてりをさましたとしても不思議はあるまい。

それは彼が京へ着いた年の秋のある日のことであった。

権十郎が、古風なカヤアシの、見るから清げな茶店の土間へ入ると、石造りのかまどの向こうから、お梶が、にこやかに会釈をした。

「水をくれい」

（むむ……これはよろしい）

祇園社へは数度足を運んでいたが、この茶店にこの女が……少しも気づかぬことだったと彼は（うかつ千万！）舌打ちをした。

顔の中の一つ一つをよく見ると、けっして美女のそれだとはいいがたいが、この女の白と黒の諧調の美しさはどうだ。勝山ふうのまげ、小鼻のそばのほくろ。くちびるから漏れる鉄漿《かね》の黒が、肌のぬめやかな白によってみごとに息づいている。

一口に白と黒といってしまえばそれまでだが、この二つの色彩の豊潤さにはきりがないのであって、ことに女の生身がこの二色を表現する場合、その美しさの度合いにはピンからキリまである。

お梶は女の生気をはらんでいた。これは京の女にもないものであった。いま流行の紫がかった友禅染めの小そでに包まれた豊熟の肉体が健康と自信に満ちているからこそ、白と黒も生彩を呼ぶのであろう。おしろいも紅も、この女にまったく無用のものだといいたいところであった。三十という年齢すらもお梶の前には屈服しているように見える。

冷水をくんで権十郎の前に差し出したとき、お梶のほうでもハッと胸がときめいた。

権十郎も美男である。そのうえに剣の修行で鍛えた骨太い男性的なにおいも濃厚なのだから、黒の着流しに茶の帯という扮装もさっそうとして見え、お梶はいっぺんに参ってしまった。

お梶は、夫の没後、歌舞伎《かぶき》役者との浮き名もかなり立てられたほどだ。歌道もたしなんで京の文化人とも交際が深い。そういう感性の豊かな女の上に、女ひとりで暮らしをたてているという、当時の女にしては珍重すべき自負をもっている。

いえば男も女も、この道にかけて修練に不足はなく、それが互いに蘊蓄《うんちく》を競い合おうという気になったのだから手間暇はいらなかった。

「お武家さま」が「徳山さま」になって「権十郎さま」になり「権さま」まで下落するころには、愛撫《あいぶ》するものだとばかり思っていた女というものから強烈な愛撫を受けるという、権十郎にとってはまったく初めての歓喜を得て、これこそおのれの欲求窮まるところなりと、彼は雀躍《じゃくやく》した。

なめらかな肌などといっても、こちらの皮膚が、しっとりと相手の皮膚に吸い込まれて一枚になるような女の肌などというものは、ざらにあるものではない。汗に光るその全身の肌を、豊かに、あくまでも柔軟な重みとともに権十郎の四肢《しし》へ加えつつ、

「権さま……あ……権さま……」

と、お梶があえぐとき、その「権さま」が夢うつつのうちに「若さま」と聞こえ、権十郎はうばの千をいやでも思い起こさずにはいられなかった。

愛撫されるということは彼にとって、必然、うばお千に結びついていたのである。

ただ千のからだはほてって熱いばかりだった記憶しかないが、お梶の肌身は適度に暖かく、そして適度にひんやりとこちらの熱を吸いとってくれる。快かった。

権十郎は木村家とお梶の茶店と半々に暮らすようになった。

お梶も、権十郎がいるときは娘お百合を四条の義弟のところへやってしまい、土

間の後ろの二間ほどの小べやへ閉じこもって、店を休むこともある。

お百合は権十郎と入れ違いに、小女に送られて四条のおじの茶屋へ行くのであるが、土間の腰掛けにいて、権十郎が、

「おう、もう行くのか。や、きれいなおべべだなあ」

なぞとおせじをかけると、

「いや、おじさま、きらい」

「なぜきらい？」

「おじさまはえどからきたのでしょ」

「そうだよ」

「そうなら、またえどへかえるのね」

「帰らなくてはいけないか？」

「はい、いけないの」

「お百合、何をいうている。さ、早うおじさまのところへお行き」

お梶が、それでもいささか困惑の体で優しくしかると、お百合は、かむろふうのそれに母がくふうし整えた髪の乱れを小さな手でしきりに気にしながら、お梶そっ

くりの上目づかいのうるんだ双眸を、じいっと権十郎に向け、

「おじさまはおかえり。はやくおかえり」

と繰り返した。

母を奪われた怒りなのか、と権十郎も辟易したが、お梶は、

「あれも一年ごとに大きうなるので、いまにわたくしの手足も自由に動かなくなりましょう」

といった。

評判もたった。

木村和助に問い詰められしかたなくぶちまけると、和助は
「あの女は京でも名高い女でな。あれに見込まれたのは権十郎殿としても悔いないところじゃ。まさに貴公は選ばれたる男と申してよろしかろう」

と案外にさばけたことをいい、

「祇園のお梶を手に入れようと足を運ぶ男どもは、貴公の出現であとを絶ったというわさもっぱらでござるよ。いやたしかに美形。わしも拝みに行ったものだが……」

「さようでしたか」

気が楽になって、やや得意げに肩の力を抜くと、

「じゃが、権十郎殿。別れのときを今から考えておかねばならぬ。よろしいか」

「別れのとき……」

「お梶もうわ気。貴公もうわ気。貴公とても女苦労にもまれてきた人じゃ。心おきなく楽しみ、別れるときにはよどみを残さぬ心構え、いまさらわしがいうまでもなかろうと思う」

そのとき和助の妻が茶を持って入ってきたので話は中断したが……権十郎は暗然となった。勘当の身の食客暮らしで、これから先このままのんべんと今の状態を続けていけるものではない。といってどうこの身を始末していったらよいのか。

(いっそお梶のところへ入夫してしまおうか。なに、茶店の亭主も悪くはない)

思ってもみなかった考えだが、しかし権十郎は日ごとに、この思いを募らせていった。武士も茶店の亭主も生きるにはなんの変わりがあるだろう。喫飯、睡眠し、交わりをすることが人間の暮らしだ。あとのものは大同小異、ひっきょうはこの三欲を満たすための手段体裁にすぎまい。

きょう切り出そうか、あすか――と、それでもなかなかにいいにくく、

（まだよいわ。もう少し詰まってくるまで……）

お梶との交情には、たっぷり自信を持っていたが、もしや断わられて――との疑念もわかないではない。あれほどの情熱をかたむけながら、お梶はただの一言も（このまま一生、権さまと暮らしたい）ということばのかけらもこぼさなかったのが、権十郎を逡巡《しゆんじゆん》させたのである。

お梶となじむようになってからは金もあまりいらなかった。お梶は男に金銭のめんどうをかけることを極度にいやがった。小金も持ち、商いもしている彼女には、またその必要もないのである。

嵯峨《さが》や御室《おむろ》への行楽や四条のしばい見物。宇治の舟遊びにも出かけた。お梶は暇さえあると権十郎を引き出しては京の内外の寺院や名所を巡るのが楽しみらしかった。

また彼女の風物に対する説明は行き届いていた。実家は有名な表具師だと聞いたが、町家の女にしては歌もよむだけに歴史への造詣もなみなみでない。

新開地の荒々しい雑音がやっとおちついたばかりの江戸と違い、伝統の香気には

ぐくまれた京都という土地の風韻に、権十郎も魅せられてきていた。

権十郎にとっては京で二度めの祇園祭も過ぎ、きびしい残暑が近年珍しいといわれた暴風雨に洗われ、空がにわかに澄み渡った正徳二年の八月末のことであったが、突然、江戸から徳山家の用人柴田主計《しばたかずえ》と老女お千が京へやって来た。

〝勘当を許す。家督を継ぐため、急ぎ帰れ〟との父重俊のことばを持ってであった。

「まあ、まあ——大きくおなりあそばして……」

千は、人目がなければ権十郎に武者ぶりつきかねない感激ぶりで、出奔した夜の慙愧《ざんき》に耐えない思い出にヘドモドしている権十郎の頭からつま先へ、こちらがてれくさくなるまで、何度見ても見飽きぬ芸術品を鑑賞するような賛美と、なまなましく光る愛情の視線を上げたり下げたりした。お千の頭に、めっきりと白いものが交じっているのを見ると、権十郎も変に涙ぐましくなった。これはまちがいなく母親へ向けられた子の感情であったといえよう。

さて、用人柴田と千がかわるがわる語るには——去年の春ごろから重俊の持病が悪化した。何分にも七十を超えた老齢ではあるし、努めて勤務に怠りなくしてはいるものの、近ごろは胃の痛みに、あの強気な殿様が夜ふけの寝所からうめき声を発することもしばしばである。できる限りの医薬も迎え尽くしたのだが……「もうむだじゃ。それより早く、権十郎を呼び寄せい」ということになったという。

「あの強情な父上が、まさかおれに……」

「考えてもごらんなされませ。若様を勘当あそばしたおり、すでにそのときから殿様におかれては、今日あることをお考えあそばしておられたのでございますぞ」

と、柴田用人が鼻を詰まらせれば、お千も、

「あなたさまが駿河屋をお出になり行くえがわからなくなったときには、ですから殿様もすっかりお気を落とされたのでございますよ。あなたさまを遠くで見守っておいでになることができなくなったことが、どれだけ……」

「うむうむ。殿様のおからだが目に見えてお弱りあそばしたのもあの時からじゃ」

と柴田はあいづちを打って権十郎をにらみ、

「まったくもって親不孝な若様でございましたな」

「いうな……もういうな主計――」

もうそろそろ許してやってもー―と思いかけていた父親は息子の失踪にろうばい

し、八方に手を回した。江戸にいないことがおおよそわかると、重俊は、まず美濃の領地と京の木村和助へ書簡をもって、権十郎が立ち回った場合の処置を依頼した。万に一つと思って放った矢が的を射たということになる。和助が権十郎の京都着を江戸へ知らせたのはいうまでもない。

「貴公へお渡しした金子も皆、江戸から送られてきたものでござる。こうなれば気のすむまで遊ばせてやってくれとのおことばでござった」

権十郎は、いい気になっていたうかつさを、和助に恥じるよりしかたがなかった。

「お帰りくださいますか?」

「お帰りくださいますな?」

「そりゃもちろんのことでござるよ。のう権十郎殿――」

権十郎は黙ってうつ向いたままであった。

二千七百石の旗本として世を送れることになったよろこびよりも、こうなってみると、やたらに、お梶と別れるのが苦しかった。

(帰ってみたところでどうだというのだ、堅苦しい侍勤めなぞおもしろくもない)

だが……薄氷を踏むような現在の歓楽には、男として人間としてなんの裏づけもないのだ。

「若様！　徳山の家名をなんとお心得あそばす。跡継ぎはあなた様ひとりなのでございますぞ」

家名は父親の愛情そのものの具現である。今までのいきさつを聞いてみれば、権十郎としても父重俊の自分へかけた〝侍の父親としての愛〟に動揺せずにはいられなかった。

由緒ある徳山家が、遊蕩息子のために重俊の代で断絶となれば、親類一統の面目もまるつぶれになるし、二十人に近い家来たちを路頭にほうり捨てることになるのだ。

それにもまして、養子縁組みもせずにどこまでも、懶惰《らんだ》な、妾腹の自分に望みをかけてくれている父の心を踏みつけにすることはできない。このことがいちばん身にこたえる。

「帰る！」

よろこびの声をあげる三人――権十郎は、小さな庭の竹林のあたりから秋の日にきらりと輝き、飛び流れてきたアカトンボの行くえを目で追い、土べいのかなたにひろがる空の青さに、みるみるお梶の白い豊満な肉体が、吸い込まれ消え果てる幻影を見て、くちびるをかんだ。

「そうなりましたか——それなら権さまとも、これで……」

いっさいを聞くと、お梶は静やかな青いまゆを上げ、はんなりと笑った。

「おぬし、平気なのか……」

「平気か平気でないか——権さまにはおわかりになりませぬか？」

「むむ……」

「ただ、わたくしは、男と女の別れには、涙というものをじゃまだと思うているばかりなのでございます——それに、わたくし……わたくしも今にばばになる、汚れ果てまする。それはもうすぐ目の前のことでございます」

「なにをバカな——」

「いえ、まことのこと——十年二十年というても、つまりは朝から夜まで、一日のことと同じようなものでございますもの。わたくしはばばになったらひとりでいたい、そういう女なのでございます」

ふたりのひとみはひたと合った。

「おわかりくださいましたか」

「うむ――ようわかった」

権十郎は微笑した。お梶も……だが、このとき彼女の双眸はまさにうるみかかってきていた。それをはっきりと見て、権十郎は満足した。

「権さまのことをよろしく頼むと申されまして――いつか、木村様がここへお見えになったこともございました」

「そうか――そうだったのか……」

あすは京を立つというまえの日の夕暮れ近く、権十郎は祇園社を訪れ、お梶が別れの晩餐のしたくにかかる間、お百合の手を引き裏山へのぼった。

長楽寺の前を通り過ぎ真葛《まくず》が原へ出て、やや急な坂道を、お百合を抱いて丘へのぼりきると、京の町は粛然と夕やみのうちにあった。

ようやくわが物とした、その町の姿態を飽かずながめながら、権十郎は懐中から小さな包みを出し、

「お百合。これはそなたの母とそなたにあげようと、わしが買うてきたものだ。あすの朝になってから母に渡してあけて見てくれ。よいか、あすだぞ」

それは、螺鈿《らでん》の珊瑚《さんご》に飾られた二つのかんざしである。

と――お百合もたもとのかげに隠し持っていたものを差し出し、

「これは、おじさまにあげるようにと――」

「母様がか？」

「あい」

それは金襴《きんらん》の布にくるまれた一尺に足らぬ細長い箱のようなものであった。開こうとすると、お百合は、

「あ――それはあしたの朝になってから……」

「そういわれたのか？」

「あい……」

「うむ――よし」

「おじさま、かえってはいや！」

突然、お百合が権十郎の首へ手を巻きつけて、むせび泣きを始めた。

かわいらしいくちびるがほおに触れるのを感じながら、権十郎は、

「まえには帰れというたではないか」

「うそ。あれはうそ！」

お百合はいつまでも泣きやまなかった。

晩餐のときも、互いの贈り物について、お梶も権十郎も口に出さなかった。食事が済むとお百合は四条へ送られていった。

翌朝——権十郎帰府の祝い膳で木村家はにぎわっていた。権十郎はひとり自室にのがれ、お梶の贈り物を開いて見た。

それは絵であった。秘戯画なのだ。小さな愛くるしい巻き物になっている。

絵は宮廷の、やんごとなき男女の交歓を写したものだ。大胆な構図である。男女悦楽の極致のいくつかを華麗な彩色によって描きつくしているこの秘画には、しかしみじんの卑猥《ひわい》さもとどめてはいない。

権十郎はうなった。うなりつづけながらこの絵巻きを縦にしたり横にしたりした。彼も、かつてこうしたものを見ないではなかったが、それはあまりにも貧しく

卑俗な劣情にこびたものばかりだっただけに、この寛濶《かんかつ》な熟達した技法をもって、人間の歓喜そのものを謳歌しているかのような逸品には、驚嘆した。

中に、お梶の筆になる紙片がはさみ込まれていた。

それには——この作は鎌倉時代、宮中の絵所を預かっていた名人、住吉慶恩の筆になる名作だという文句が、いとも簡単にしるされてあった。

5

権十郎が将軍の許可を得て、徳山五兵衛の名を襲い、家督を継いだのは、翌正徳三年十一月二十八日である。

一度勘当されたものに、ふたたび跡目相続をさせるのであるから、そこにはいろいろとめんどうがあった。

かつての権十郎放蕩のいきさつも、幕府の目付け方の耳へ入っていることだし、したがって目付けの監察をその耳目としている若年寄も〝徳山の放蕩息子〟についてはじゅうぶんに承知している。

いつの世にもわいろというもののききめには変わりがないのであって、ことに戦国の世はすでに遠く、複雑錯綜した制度の網の目の中に生きている武士階級にあっては、それはもう交際の常識となっている。

父親の重俊は病み衰えたからだにむち打って、家名存続のため、せがれのため、陣頭指揮に当たった。

まず老中の秘書官ともいうべき奥御祐筆衆《おくごゆうひつしゅう》の自邸へ「なにぶんよろしく……」とのあいさつとともに、はかま地を贈る。この下には金百両が潜ませてあるわけだ。この要領で同時に若年寄へも目付け方へも同じくはかま地の下に金を入れてつけとどける。

徳山家は領地もあるし、代々の経済の道にかけては堅いのが家風で場違いをやらかしたのは権十郎くらいなものだが、次から次へと湯水のように流出するばく大な出費についても、どうにか持ちこたえていくことができたのは幸いであった。

徳山家にとっては本家筋に当たる出羽上之山二万五千石、土岐侯の運動もあり、重俊の亡妻の実家である六千石の大身旗本、溝口又十郎も好意的に力を添えてくれた。

何よりも、徳川代々の謹直な勤務精励ぶりが物をいったし、権十郎もまた抜けめなく立ち回り関係者の招待供応の席におけるあいさつも、悪夢からさめて慙愧の念に耐えぬ体を見せると同時に適度のあいきょうもほのめかせるという芸当をやってのけ、好感をもたれた。

「ようやってくれた。みっともない回り道をしてきたのも、おぬしにとってはむだではなかったようじゃ」

いよいよ許可がおり、徳山家が所属する小普請の組がしら以下二十名と寄合肝煎《よりあいきもいり》を供応して、繁雑な相続運動も、やっと終わりを告げた夜――憔悴の身を押して宴席に出た重俊は、がっくりと疲れ果てながらも安堵の嘆息を漏らし、権十郎をねぎらってくれた。

重俊は、骨と皮ばかりになっていた。

病状は進行しており、気力のみでこの日を待ち、五体を動かしつづけてきたのだ。

「長い間、権十郎の不孝を……」

「待て。きょうよりはおぬし、徳山五兵衛となったのじゃ——これよう聞け。武士も町人も、その家を継ぎ守ることによって世は成り立ってまいる。そのためにはまずおのれを殺すことがだいいちじゃ。殺すことによって生きる。これがたいせつじゃと思え。これからはさめた夢を追うなよ」

「はい」

重俊は年の暮れるまでに致仕し、寄合に列したが、翌正徳四年の三月三日、七十七歳で没した。

生前の取り決めによって、五兵衛が、藤枝若狭守《ふじえだわかさのかみ》の二女、勢以《せい》と結婚したのは同年九月一日である。

藤枝家は武蔵相模《むさしさがみ》のうち四千石を領する旗本だ。代々要職にあってはぶりもよい。

勢以は五兵衛より五つ下の二十歳。当時としてはやや晩婚であったが、美貌で、武家の女としての教養百般に通暁。小太刀《だち》なぎなたの名手だという。

こういう女を五兵衛にめあわすことにしたのも、実は父親の深慮があったからで、まだまだ危険に見える息子の手綱を、内から引き締めさせるべく選ばれた勢以なのである。

勢以をもらい受けるについては、土岐侯のなみなみならぬ推薦と尽力があった。

当時の武家の結婚といえば見合いすらなかったほどだから、五兵衛への斟酌《しんしゃく》などは、父も親類たちもまったく念頭にはなかった。

もらってみると、なるほど、勢以は美貌であった。目鼻だちのすべてが整っているからというならばである。

婚礼の席上、濃い化粧にいろどられた勢以をはじめて盗み見た五兵衛は、（これならば……）と、ひそかにほくそえんだものだ。

五兵衛は京を発して以来、約二年の間、ただの一度も女体に接していなかった。相続運動一件と死にひんしている父を眼前にして懸命に耐え忍んではいたのだが、五兵衛の悩乱はひととおりのものではなかったのだ。

いっそ侍女のだれかをと獲物をねらうオオカミの目つきに何度なったかしれない。しかし侍女たちは用人柴田の監督のもとに、名うての若様を防御する体制にいささかの怠りもない。外出にもいちいち柴田主計がしらが頭を振り立てて供をする。やりきれたものではなかった。

日夜、五兵衛の脳裏を去来するものは、京で見た夢であった。あの恍惚として閉じられたお梶の目。恍惚と開かれたくちびるのあえぎ。また恍惚として口走ったことばの数々――。甘やかな肌のにおいに浸りながら、汗みどろに絶頂を窮めた夜の思い出を追いつづけていると、おもわず、

「うむ――ああ、くそッ！」

狂気のようにうめいて、このまま門を走り出て、京へ飛んで行きたい思いで頭が割れ返りそうになったものだ。

けれども互いに割り切った別れ方をしてきただけに、見苦しく恋慕の体を女に見せるのはなんとしてもいやだった。男のみえである。権十郎は歯を食いしばって、お梶へ書きかけた手紙も破り捨てた。

老女お千だけが、そっと近寄ってきては、しわやシミのふえた顔を妙に高ぶらせ、

「若さま、ごしんぼうを――いまに奥さまがおいでになるまでのこと――よろしゅうございますか。何事も今がたいせつでございますよ」

などと声を詰まらせながら同情をしてくれたようである。

だから、いざ勢以との床入りになると、五兵衛は
(遊女、茶屋女を相手にするのとは違う。男女の交わりにも武家の礼儀を重んじなくてはな。それからおいおいにやることだ)

などと考えていたことも忘れ、いきなり花嫁の寝巻きをはだけて胸を探ると……

薄い乳ぶさであった。男のように堅くしまったからだの筋肉なのである。

(や——なるほど、なぎなたの名手だけのことはある)

ふッと悲しくなったが、ままよとばかり寝巻きをはぎとろうとすると、

「何をなされます」

やや怒りに震える勢以の声が、電光のように五兵衛を打った。

何をする？　きまっているではないか。勇気をふるってなおも迫ると、

「着衣のままで。着衣のままで——」

勢以はしかりつけるように低くいった。

さすがに四肢をこわばらせて、勢以は初夜の緊張に息を詰めているようだったが、その声はおとめの好意的なはじらいから発しているものでないことはめいりょ

うである。

着衣のままで何ができる……いっぺんに興ざめして自分で自分が情けなくなったが、しかし、どうやら済ますことはすました。用の足りる部分だけをかろうじて開くことを花嫁は許可したのであった。あとの部分は着衣のままで……。

くちびるを吸おうとすれば顔を振って「何をなされます」である。胸に手を差し伸べれば「何をなされます」である。

五兵衛は、幻滅の衝撃にほぞをかんだ。

勢以は、男女の交わりが、みにくいものであり、しかもしかたなくこれをなさねばならないという考えを無意識のうちに持っていたようである。

生の肌身と肌身を寄せあわず、男女双方の肉体のあらゆる器官の機能を働かせずして形ばかりの交わりをするなど、それこそけだものではないか——いまに見ておれ、と五兵衛は腕を撫《ぶ》し、夜ごとにいどみかかったが、だめであった。

だいいち、夜ごとになぞはとうてい許しそうにもなくなり、何かといえば、「何をなされます」である。

その声の冷ややかな響きは、しだいに五兵衛をすくませ、やけなあきらめさえも感じさせるようになっていった。

（よし。機会を見て離縁してくれる！）

だが、早くも子どもが生まれた。長男の治郎右衛門頼屋《じろうえもんよりいえ》である。

あれほどむつみ合ったお梶とはついにもうけることのなかった子が、砂をかむようにあっけない勢以との交わりによって生まれるとは、

（なんたることだ、女というものは――）

五兵衛は慨嘆した。慨嘆しつつ、生まれたわが子は憎いと思わなかった。

（これで何もかも終わりか――）

勢以は着実に、徳山家での妻という地位を固めていった。

彼女は嫁入るについて、どこの家でも常例となっている里方の侍女をひとりも連れて来ることをしなかった。これは破天荒ともいうべき異常である。勢以は、すぐさま徳山家の侍女、家来たちをわが物とした。

彼女は、五兵衛の嘆く閨房の欠点以外は完璧であった。

武家の主婦としての役目いっさいに毛ほどの口をさしはさむところなく、侍女たちにはきびしい半面、非常に細かく気をつけいたわってやるのである。

里方の藤枝家では、もっぱら老女の橋尾というのが幼時からの教育に当たったと聞いていたが、勢以の一文字に引き結んだくちびるから発せられる一言一言は、古ダヌキのお千までも屈服させてしまった。もっともお千は陰へ回り、

「殿さまも、とんでもないのをおもらいあそばしてしまった」

とこぼしたとか……。

長男が生まれると、その養育にも抜かりはなく、夫五兵衛へ仕える気構えにもすきはなかった。

しかし……「何をなされます」の彼女においては、五兵衛もとうとうさじを投げた。

「勢以。願いたい」

と、ふしどを共にするのも、年に数えれば、不可能ではないほどで、いつだったか、

「何ゆえに男女は、かようなことをいたさねばならぬのでございましょう」

と、勢以に嘆かれて、五兵衛は恐縮したことがある。

悶々たる夜ごと――五兵衛は、あの住吉慶恩描くところの秘画絵巻きを取り出

し、官能のうずくまま、ひたすらにお梶のおもかげを、肉体を、脳裏に追いつづけた。

家督を継ぎ、一家の主ともなればむやみに外出もできない。旗本でも五百石以下になると気楽なものだが、千石以上ともなれば親類を訪問するとか仏参か、別邸へ梅桜などを見に出かけるのが関の山である。

それに当分は、幕府の目付け方も五兵衛には注意を払っていることだろうし、土岐侯はじめ親類一統の監視も厳重だ。

覚悟はしていたことだが、五兵衛も、しばらくは鬱積した本能のうごめきを持てあますばかりであった。

人間の強烈な本能の欲求は、何かの形で〝はけ口〟を求めずにはいられないものだ。

徳山五兵衛が、所属する小普請組において頭角を現わしはじめたのはまもなくのことであった。

小普請は閑職である。そのかわり幕府の小規模な普請工事の費用の一部を、持ち高に割り当てられて出さねばならない。割りのよくない配置だ。

組には支配がいる。月のうち六、十九、二十四の三日間（相対）と称し、お勤めともいわれる面会があり、お役につきたいものは、この日、支配を通して、一種の就職運動をするのである。

五兵衛は、金と機知を巧みに駆使した。彼が本所火事場見廻り方から書院番に任じたのは享保二年、二十八歳の三月だ。この年の正月にはまたしても次男の監物《けんもつ》が生まれた。

そのころにはすでに、不思議な魔力に誘われ惑わされた五兵衛の、夜ふけの寝間にひとり筆を運ぶ姿を見いだすことができる。

秘画の手本は、あの絵巻きだ。

五兵衛は、おぼつかない自分の手に筆をとって、これを写しはじめたとき、戦慄《せんりつ》的な感動が体内を貫くのを知った。

観賞と創造とは、おのずから興味の度合いが行なうについて違うものだ。こうも形を変えたら歓喜の頂点にある女体のそこもかしこも目に入るはずだ。そうなれば、もっとお梶をしのぶ夢も濃厚なものとなってくれるであろう。見たいと望み、いや行ないたいと渇望してはため息といっしょにあきらめてきた歓楽が、紙の上では自由自在だ。五兵衛にとって、これはすばらしい発見であった。筆が慣れ、ひと月ふた月となるにつれ、五兵衛の貪欲《どんよく》は果てしがなくなった。

やんごとなきかたがたのあられもないそれは、お梶と五兵衛のおもかげを宿しはじめてきた。

就寝のときも、当時は灯影《ほかげ》は絶やしてはいないから、一度床へ入り屋敷内が森閑と寝静まるのを待って、五兵衛は、そろりと抜け出し、机に向かうのである。

何枚もかきそこねたもののうちから、これはと思うものを一枚残し、最後に力をこめ、これを透き写しにして、満足のゆく一枚が仕上がるまでは眠れなくなってきた。

その一枚を手文庫の底に隠し、残りはあんどんの火を移して焼き捨て、灰化したそれを懐紙にくるみ、五兵衛は翌朝の用便のときに、そっと便器の中へ始末するのであった。

(おれは、なんというやつだ)

大の男が、しかも書院番まで勤める旗本徳山五兵衛が、夜ごと目を血走らせ、筆先の動きにつれて、

(うむ……これはよし)

とか

(いかん! どうも女体というものは手に負えぬわい)

とか

(ふむ。こういう形も、やればできるものなのだなあ)

とか……胸に思ったり、つぶやいたりしながら、しかも妻や家来に悟られまいと神経を配りながら、あのことの生態を描くことに熱中しているのだ。

(恥を知れ、恥を——あまりにも情けない。このようなものにみいられるとは……)

べっとりとあぶら汗をかいて納得のゆく最後の一枚が仕上がったとき、五兵衛はわれながら、おのが姿をあさましいと思った。

寒中でも描いていると息がはずみ、からだじゅうがポッポッとほてってきて汗ばんでくるのである。このさまをもし勢以が見たら、どんなけいべつを投げつけてくるか——家来たちはあきれ果てて主人への敬意を放擲《ほうてき》してしまうであろう。

(いかん! やめなくてはいかん!)

だがやめられなかった。城中へ出ていても、ふッと、今夜はああしてやろう、こういうぐあいに描いてみよう――などと知らず知らず眠り足りぬ脳裏にぼんやりと想像をたくましうしている自分を発見して、五兵衛は

（このようなことで、もしお勤めにさしさわりがあったらどうするのだ！）

と、冷や汗をかくことがあった。

だれにも見られず知られていなくても自分が自分の恥ずかしいありさまを知っている。だからなおさらたまらなくなるのだ。

（五兵衛よ。おまえはなんという愚か者なのだ）

その愚かさを恥じる心は、無意識のうちにこれを隠そうとして、五兵衛は一日一日と、謹厳の衣を厚くまといはじめた。五兵衛自身が、明るい日の光の中では夜ふけの自分の姿を忘れ切りたいからであった。

けれども、老女お千だけは五兵衛の苦手だ。彼女の前ではいかなる威厳も通用しまい。五兵衛はしだいに、お千とことばをかわさなくなった。

一年、二年――五兵衛の精力は勤務の精励と秘画への上達にかたむけつくされた。睡眠不足の彼が、その日常に、上司からも同僚からも家来からもぼろをつまみ

出されずにりっぱな体面を保つことができたのは、ひとえに強健な彼の肉体があったからだ。

享保四年、西之丸小姓組。七年には御先手鉄砲頭《おさきてつぽうがしら》と歴任して、徳山も昔は手に負えぬ放蕩者で――といううわさもいつしか消え
「やり手じゃ。腕もきき頭も働く。しかも見るからに武士の気風をくずさぬ。まだ三十を超えたばかりだがりっぱなつらつきしておるの」

と、こういう評判がとって替わるようになってきた。おりから、吉宗《よしむね》の治世で、ゆるんでいた綱紀が将軍みずからの強い督励によって引き締められていたときだから、なおさらに五兵衛の評判はよろしかった。

昼の謹厳、夜の痴愚。二面を使い分ける五兵衛の日常は、年月の流れによって習慣と化した。

筆の熟練につれ、秘画に対する興味も深刻になるばかりで、とうていこのどろ沼から脱出することはできないと、五兵衛も覚悟をきめた。彼は、墨一色の描写に飽き足らなくなった。彩色をしたい良い紙がほしい。そうなると、とても隠しきれまい。さいふのひもは殿様が握るものではないからだ。

「わしは絵を習ってみることにしたぞ」

　幕府御絵師、板谷桂梅《いたやけいばい》方から絵師に来てもらい、五兵衛は非番のときに習いはじめた。いまや絵の具も紙も堂々と整えることができた。

「失礼ながら、お手筋のよろしいのにはまったくもって驚き入りました」

　おせじではなく、絵師は目を見張った。

　もともと五兵衛には絵師になる素質があったものとみえる。

「殿さまはこのごろ、絵をあそばしておられます。なかなかにみごとなので、わたしもいささか驚いているのですよ」

　たまたま、里方の藤枝家からたずねてきたものに、勢以はこういったそうである。

　花鳥の手本を見ながら、また厨房から季節の野菜などを持ってこさせて写すのも、まんざら悪くはなかった。

　五兵衛はひそかに侍女たちのまげの形や衣装の模様などを写しとった。

「殿様は近ごろ、絵にご執心でな。時によると明けがた近くまでけいこなされるそうじゃ」

と、家来たちのうわさである。

五兵衛の秘画も、とみに光彩陸離たるものになってきた。

居間の手文庫が一つふえた。五兵衛はこれに鍵《かぎ》をつけ、

「中には公務のうえにも徳山家にとっても、重要なる、秘密の書類が入っておる。もし、わしが不在のおりに地震火事など急変あるときは、そなた身をもって守ってくれい。中を開くことはならぬ。よいな」

重々しく、五兵衛が、さも子細ありげに依頼すると、勢以はきっと青いまゆを上げ、引き結んだくちびるに決意をみなぎらせて、力強くもいった。

「命に替えましても——ご安心くださいませ」

6

これから死ぬまで徳山五兵衛は、てんぷらの衣だけ食べさせて中身はいけない、といったふうの勢以だけを性生活の対象として暮らさねばならなかったのか……。

いやそうではなかった。五兵衛は、花火のように激烈で一瞬の後に消え去った思い出を一つだけ、その中年期にかかるころに獲得することができたのである。

それは享保十一年の晩春のことだから、用人の柴田老人が没してから四年め、十歳になった次男を従兄重一の養子にやった年に当たる。

ときに五兵衛は三十七歳。小普請八組のうちの組がしらをつとめていた。

品川裏河岸《がし》の廻船問屋、利倉屋彦三郎《ひこさぶろう》方の使いが一通の書状をもたらしたのは、その日の朝である。家来が取り次いだ書状を読んだ五兵衛の顔はさッと変わり、ぱッともとへもどった。

「急用あって出かける。したくせい。内密の公務なれば、供はふたりほどでよい」

若党とぞうり取りの二名だけを供に、編みがさをかぶった五兵衛は、つとめてゆうぜんと本所の屋敷を出た。

利倉屋からの手紙は木村和助とあったが筆跡に見覚えはなかった。開いて見ると中身は女の筆で、文面は簡単に――江戸見物に来たので十五年ぶりにお目にかかりたく、まことに失礼ながら……と所定の場所をしるし、京の女より、とある。

（お梶だ！）

とどろく胸を押え押え、五兵衛が上野の山下から奥州街道を北にとり、入谷村《いりや》へ着いたのは、それでも昼近い時刻になっていたろうか。

供の者は通り道の坂本にある善養寺門前の茶店に待たせておき、五兵衛は坂本の通りから右へ切れ込んだ。

街道筋に当たる坂本村と違い、この入谷村あたりは、広びろとした水田にまじって、寺院と百姓家が点在するといった風景である。

二度ほど行き迷って、庚申堂わきの百姓家にきくと、利倉屋の別宅は、すぐ目の前の林泉寺という寺の裏手にあった。わらぶきのこぢんまりと瀟洒な構えで、細流にかかった石橋を渡ると、門の中から待ち構えたように、でっぷり肥えた五十男が飛び出してきて利倉屋の主人だと名のり

「これはどういうわけじゃ？」

ときく五兵衛を

「まず——ともかくもお通りくださいませ」

と、奥の一間へ案内した。

そこに見いだしたものは、まさに十五年まえのお梶そのものではないか……。

「お梶……」

「まあ、おじさま。それほど母さまに似ておりましょうか？」

「や……お、お百合なのか、そなた……」

よく見れば、豊艶《ほうえん》の目鼻だちは母親そっくりだが、小鼻のわきのほくろがない。

お梶は首のあたりも太やかだったし、首のあたりにもわずかながら肉がついてくびれかかっていたものだ。

お百合の首から肩にかけてのたおやかさや、おはぐろをつけぬ白い歯がのぞくちびるの形もお梶とは違う。

お百合は濃緑の地にツルの絵模様を染め抜いた友禅の衣装によって、いっそうくっきりと、母親ゆずりの肌の白さを誇っている。

お百合は十五年ぶりの五兵衛に興味をそそられ、まじまじと五兵衛を見つめ、見つめてはクスクスと笑いだすのである。

「何が――何がおかしい……」

五兵衛のほおにも血がのぼった。彼は思うようにことばが出てこなかった。

利倉屋も入って来、あらためてあいさつをしたが、彼が、お百合とこもごも語るところによると……。

利倉屋彦三郎は、大坂の今橋にある廻船問屋、日野屋九兵衛《きゅうべえ》の義兄に当たり、日野屋はしかも、お梶の亡夫の従兄に当たるのだそうだ。日野屋は、かねがねお梶親子のめんどうを何くれとなく見てくれているのだという。たまたまこのたび、日野屋の番頭某が商用で江戸へ出てくることになり、

「こんなときでなければ、おじさまにお目にかかれることもないと考えまして……思いきって……わたくしいっしょに……」

「一昨日の夕がた、江戸へ着いたばかりなのでございます」

と、利倉屋。

「まえと違うておじさまは、今はもう大身のお旗本なので、おたずねすることも、なんとなく気にかかり、利倉屋さんにお頼みして、ここへ……」

「そうであったか……」

利倉屋はまもなく品川の店へもどっていった。あとは下男に女中ふたりほどの別宅であった。

あけ放った窓の向こうに、雑木林を通して、田打ちが済んだ水田の土が、くろぐ

ろと晩春の日にぬれている。

ヒバリが高く高くさえずっていた。

五兵衛はまぶしげに、お百合を見守り、

「見違えた。あまり美しく、大きくなっているのでなあ」

「フフフ……ありがとうございます」

「わしは年をとったろう？　どうだ？」

「いえ――でもこわいお顔になって……」

「こわい――そりゃアいかぬな。そうかな……」

「でも、こうしているうちに、だんだんと昔のおじさまに、お顔がもどってきたようでございます」

「それはともかく――で……母は？　お梶、どのは元気でおるか」

「母さまはなくなりました」

「何――」

「おととしの夏でございましたけれど……はやり病にかかりまして、あのじょうぶな母さまが急に……」

徳山五兵衛が、その二十一歳の芳香を放つ鮮果をもぎとったのは、三日後の、お百合と二度めの出会いのときのことである。

お百合は、媚態《びたい》で拒否した。

用意された酒肴《しゅこう》の器物を、彼女はいっさい無言の含み笑いのうちに五兵衛へ投げつけては、抱きすくめにかかる男の両腕をたたき、払いのけてはじらしぬいた。

お梶の追憶談をしているうちに（いや三日まえのときからといってもよい）どことなく希望が持てそうな、お百合の嬌羞《きょうしゅう》が、五兵衛を騎虎の勢いにさせた。

「わたくし、昔おじさまに、早く江戸へお帰りくださいって申し上げましたけれど……」

「お百合にはだいぶいじめられたわ」

「いいえ。あれは……あれはわたくし、母さまをおじさまにとられるのがいやで申し上げたのではございません」

「では、なぜ？」

「おじさまを母さまにとられるのが口惜しくて……」

うつ向いたままちょうしをとり、しゃくにかかろうとして、お百合が見上げると、五兵衛の顔はゆで上げたカニのようになっていた。

お百合は逃げた。逃げるならなぜ、下女下男を外に出しておいたのだ。おじさまといっしょに母親の追憶談をやるのにじゃまなものでもあるまい。

両者の切迫した呼吸のうちに、やがて――お百合はあいかわらずあえぎあえぎの、五兵衛をなぶるような笑いのままに、五兵衛はやや青ざめた面に一まつの決意をしだいしだいに凝固しつつ、畳一畳ほどの距離をはさんで動かなくなった。

夕やみが灰色に、締めきった障子に降りてきていた。

張りつめた静寂が揺れ動き、お百合は五兵衛に組み敷かれた。決意に燃えた男の腕だ。こんどは解けない。

「母さまが……母さまが……」

「かまわぬ。かまわぬ。かまわぬ！」

「しかられまする」

「冥土からか――」

「あい」

「しかられても……」

「わしは思う。しかっても、お梶はよろこんでくれると……」

なんというかってな理屈が、つけばつくものだ。

しかし、お百合は陶然と目を閉じた。

むろん、お百合は男を知っていたのである。

飢餓から賞味に、そして飽満に――飽満を知るがゆえの飢餓に……お百合が江戸を去る二ヵ月ほどの間に、五兵衛は利倉屋の別宅で何度彼女に会ったことだろう。

それは実に十本の指を折るまでもないほどのものであった。

千五百坪の宅地に長屋門を構え、家来、侍女、小者を合わせ上下三十余人の主人として、幕府旗本に列する徳山五兵衛にとり、かって気ままな外出などたびたびできるものではなかった。

「秘密の公務」などと言いのがれても、これがもし家来の口から漏れでもしたら穏やかなことではなくなるというものだ。

「しかられても？」

「目黒あたりへ写生にまいってこようと思う。なに、微行でよろしい。供などいちいちめんどうだ」

わざと野人ふうのいでたちでかさをかぶり、画帳と矢立てを持ち、温厚な口調で、用人の柴田間喜太《しばたまきた》（先代の息子である）に、五兵衛はいった。

「わしも四十の坂の頂点へさしかかった。老人くさいようだが、このごろは絵をかくことが実に楽しみになってまいってな」

「けっこうなことでございます」

「深く踏み込めば踏み込むほどおもしろくなってまいる。この道は格別なものじゃ」

「わたしなどおりおりに拝見いたしましても、殿様のおかきあそばすお台所の野菜など、まことにけっこうなるものと……」

「ふむ。野菜からけしきへ移りたくなるな、どうしても……」

「さようでございましょうとも――」

「それも手本ではなく、外へ出て生のままの景観を、どうしても写したくなるのじゃ」

「さようでございましょうとも――」

「ではちょっと行ってまいる。これはわしの楽しみだ。大げさにしたくない。いやきょうもひとりでよい、だいじょうぶじゃ」

「さようでございますか。それでは……」

「間喜太ひとりにて含んでおけい」

「はッ」

ぶらり、五兵衛は裏門から出ていく。

勢以も格別気にとめた様子はなく、

「近ごろはご執心なことじゃ。殿さまのお道楽は、まことによいお道楽だけれども、おひとりでお出かけあそばし何かまちがいでもあっては——」

と、柴田に漏らしたそうである。

二ヵ月は早い。

江戸を去るお百合に、五兵衛は亡母静のかたみとしてなつかしんでいた宗珉《そうみん》作の獅子《しし》図《ず》笄《こうがい》を贈った。

「これで……別れか……」

「二度とお目にはかかれますまい」

「むむ……」

「わたくし、おじさまと……」

「おじさまはよせ！」

「ま――こわいお顔……」

「こわいか。ふん、このつらつきで、わしはこれから一生終わってやるのだ」

言い放った五兵衛の声の底に沈む悲愁を、お百合はくみとることができたろうか。

「京へ帰ってどうするつもりか？」

「祇園さまの茶店のあるじでございますもの、わたくしは……」

「おまえも母と同じく嫁には行かぬといっておったが――しかし……」

「わたくし、おじさまになによりのうれしいうれしいおみやげをいただきました。これをたいせつに守って生きてまいりまする」

「笄一つ――それを見て、わしを思うてくれるか？」

突然、お百合は朗らかな笑いを笑った。

「何がおかしい？――変なやつだなあ」

「いえ、別に……では、これにて――」

利倉屋から迎えのかごはお百合を乗せ、別宅の門前に立ちつくす五兵衛をあとに、青々と田植えの終わった入谷の水田を縫って消え去った。

空いちめんの夕焼けであった。

わが腕の下に揺蕩《ようとう》するお百合の肌身に、五兵衛が見いだしたほくろは五つあった。顔には一点もないそれが、そこのくぼみにかしこのふくらみに、である。耐えがたい、そのほくろへの慕情の苦しさに、五兵衛は長い忍耐の後、ようやく慣れた。

享保十五年五月——ものうい初夏の午後に、老女お千が没した。

お千は息を引き取る直前、枕頭《ちんとう》にあった五兵衛に、ぽっかりと白い目をあけて見せ、ニヤリといった。

「殿さま。これで、目の上の、コブが、消えまするなあ……」

冷水を浴びたここちがしたが、五兵衛は、能面のような表情をくずさずに重々しく言い返した。

「長い間、苦労であった」

享保十八年、五兵衛四十四歳の年の正月にお使い番となり、同年十二月布衣《ほうい》を許された。

長子治郎右衛門は二十歳、文武両道に五兵衛の督励を受け、じゃりを結んだ握り飯のように歯がたたぬ堅物だとの風評もっぱらである。

お千が没してからは、いよいよ五兵衛の風貌は苦みを帯びた。整然たる秩序や誠実精励の勤務を愛する一面と、深更の秘画潤筆にいそしむ一面は、歳月の波濤《はとう》にもまれ、習慣の反復に押しならされ、やがて五兵衛は、その矛盾を事ともしなくなってゆくのである。

江戸の町は日に日に発展していった。

不自然な人口の膨張と消費の奢侈《しゃし》的向上、さらに数次にわたる天災の続発などによって、商人たちの活動が大いに刺激され、経済の実力はまったく武士から町人の手に移ろうとしていた。

激しく変転する時代の流れにも、しっかりと目をすえ、要心堅固に、徳山五兵衛は武骨一辺倒だと他からは見えながら、美濃国の領地を治めるにも手抜かりはなく、上司同僚の間も巧緻《こうち》に立ち回って評判は良かった。

どっしりとおちつき構えたままで人の心をとらえ信頼を与える技術を、五兵衛は体得していた。

それが彼の若き無頼の日々の修練？　がもたらしたものの一つであることを五兵衛自身は気がついてはいない。

五兵衛はまた、鋭く人の意中を見抜いた。それでいてわが子には、かつて父重俊がわが身に加えたようなきびしい教育と監督をもってのぞんだのである。どろ沼へ踏み込まれでもしたらたいへんだと思い、五兵衛はわが子へひたむきな父の愛をかたむけていることを疑ってもみないのであった。

空気と空気が交流し合い、米粒が水にみがかれて飯がたける、といったような、勢以との夫婦生活も淡々とつづけられていった。

元文、寛保と年号も移り、延享元年にはふたたび御先手鉄砲頭。同三年、五十七歳のときに火付け盗賊改めに任ぜられ、大盗日本左衛門逮捕に向かったことはまえにのべたとおりである。

7

延享三年九月十九日の夜——見付宿万右衛門《まんえもん》方でばくち開帳中の大盗一味のうち、今井慶、赤池法印養益、白輪の伝右衛門、頬白《ほおじろ》の長次郎、菅田《すげた》の平蔵などおもだったもの十一名を召しとったが、首領日本左衛門だけは逃走した。

その夜は、袋井宿の問屋から屈強の人夫三十余名を出させ、徳山五兵衛は部下一同とともに、万右衛門宅を表裏からひたひたと取り巻いた。亥《い》の刻も回ったころである。

万右衛門宅は、宿の中央にある高札場から少し先の貫目改め所のわきから右へのぼっている小道を三町ほど行ったところにある百姓屋である。裏手は竹林に囲まれていて、かなり大きな家だ。

「それッ」

用意が整うと、五兵衛の指揮で、捕《と》り方はいっせいに踏み込んだ。同時に屋内から漏れていたあかりもパッと消える。なまじ声をかけて怪しまれるよりはと、いきなり戸締まりを打ちこわしておどり込んだ捕り方と盗賊一味のすさまじい争闘の響きが起こった。

五兵衛が、同心二名手先三名を従え、裏手の納屋のあたりに立ち、逃げてくるものに備えていると、突然、納屋の向こうの居宅の壁が内からけ破られ、おどり出してきた大きな黒い影がある。

待ち構えた捕り方が殺到した。

青白い月の光を浴びて、激しい気合いが飛びかい、あッと思う間に同心一名手先二名が大男に斬り倒された。

「日本左衛門だな」

五兵衛は声を掛け、つえにしていた六尺棒をひっさげてツカツカと近寄る。

同心ふたりと対峙している大男が、五兵衛を迎えて声なく笑った。色白く目の中細く、鼻すじ通り顔おも長なるほう――という人相そっくりである。

額に二寸ほどの切り傷が、月光を受けてハッキリと見えた。

屋内から飛び出してきた一味を捕り方が追って、そこここに叫喚、悲鳴が起こっている。

このとき日本左衛門は二十九歳。琥珀《こはく》ビンロウジの小そでにタチバナの大紋をつけ、サメざやに金覆輪の大わきざしという、しばい気どりのいでたちだったそうだが、腕も舞台の大悪党に劣らぬあざやかなものだ。

「どけい！　わしが引っとらえる」

五兵衛は棒を構えた。大盗は威勢よく叫んだ。

「お役人。まだはえい！」

五兵衛の手から六尺棒がうなって大盗を襲った。同時に五兵衛は身を沈めておどり込んだ。

大盗はわきざしを一閃《いっせん》して、この棒を二つに切り飛ばしたが、五兵衛のすくい上げるような抜き討ちをどこかに受けた。

「あッ——」

間髪を入れず、日本左衛門は五、六尺もおどり上がった。

「ああッ」

「待てい！」

捕り方の叫び声を後ろに、大盗は、怪鳥のように身を翻して、裏手の竹林のやみへ溶け込んだ。

「追えい！」

たしかねらったとおりに足のあたりを傷つけておいた、その手ごたえに（まず逃がすことはあるまい）と考え、

「や――？」

右の肩から背にかけ切り裂かれた衣服が、ズルズルと腕へ落ちかかるのに気づいた。

「きゃつめ！　悪党には惜しい早わざじゃ」

抜き討ちに斬って立ち直る五兵衛の背中の斜め横を飛び越えながら、日本左衛門は一太刀《たち》みやげに置いていったものと見える。

その箇所ははだ着一枚を残して切り裂かれていた。

五兵衛は、いまいましげに舌打ちを鳴らし、

「慣れきっておるわい」

と、つぶやいた。

翌延享四年正月七日、日本左衛門こと浜島庄兵衛は、京の町奉行永井《ながい》丹波守《たんばのかみ》の役

宅へ自首して出た。

黒紋付きに麻上下《かみしも》、大小を帯して堂々たる風采《ふうさい》だったというから、どこまでもしばい心を失わぬ大どろぼうであった。彼が逃亡してから幕府は慣例を破り、その人相書きをもって全国へお尋ね者とした。

それだけに、かえって大盗に意表をつかれ、あたふたと立ち騒ぐ奉行所の与力同心たちに向かい、日本左衛門は、さも愉快げに、

「かくわざわざと名のりいずるうえは逃げ隠れなどいたすわけはござらぬ。お心静かに、お心静かに――」

永井丹波守の吟味にあって、彼はこういった。

「わたしはあれより長門下関《ながとしものせき》まで落ちのびましたが、また勢州古市へもどり、そこで弟分といたしおりました中村左膳《さぜん》召しとりを聞き、それにまた天網はもはやのがれぬところと……」

「そちほどの大盗が、いまさらに……」

「いや。親殺し主殺しの逆罪のほかには人相書きにてお尋ねはなきはずのところ、わたくしは天下未曾有の大盗とあって全国へご手配。こうなっては、これがもう天

網と申すものと存じました。自殺のことも考えましたが、他人に見いだされるよりもわれみずから天網にかかり、かいかい疎にして漏らさぬという金言をまことのものといたしたく、かくは出頭いたしてござりまする。それにまた……」

と、彼はまゆをしかめて左のまたのあたりを押え、

「見付宿にてお役人のかしらと見ゆるかたに、ここを斬り払われ、この傷がこじれて歩行も思うに任せませぬ——盗賊と申すものは、お役人よりも何よりも、おのれの手傷に心弱きものでござりまして……」

日本左衛門は江戸へ送られ、吟味のうえ、三月十一日に獄門を申し渡された。即日、江戸市中を引き回しのうえ、伝馬町の牢内において首を打たれ、子分の者もそれぞれ処分を受けた。

火付け盗賊御改め、徳山五兵衛の名はいちどに江戸市中に広まった。

見付宿以来、捕縛した一味にどろを吐かせ、次々に潜んでいた大盗一味を、ほとんど一網打尽にした功績もさることながらだ。なによりも強力無比な日本左衛門と一騎打ちにわたり合い、捕縛のためにわざと足を斬り払って、それが大盗自首の素因の一つとなったということが人気をわかせた。

就任以来、種々の願い届けもふえ、繁忙な仕事であったが、五兵衛は適確にすべてを処理し、すばやく事を運んで江戸の治安に働き、その評判はいよいよ高いものとなっていった。

この時代の五兵衛が、ひそかに与力堀田十次郎へいったことに、こんなのがある。

「見回りに出ていると、どれが悪漢かということが一目に、明白にわしにはわかる。だが、それを皆捕えてしまっては数限りのないものになってしまう。一口に盗賊と申してもだ、困窮のあげく、せっぱ詰まってやるようなどろぼうはだ、それをいちいち捕えておっては、今日の時世から申して、下々の者を皆縛らなくてはならなくなるであろう。善のみの人間など世の中におるはずがないのだからのう。悪と善とがささえ合い均衡がとれておるのはよろしい。それができぬ特別にひどい悪漢のみを捕え、その余は見のがしておくほうがよいのじゃ。だがこれはおぬしだけに話すことだ。口外してはならぬ。よいな――」

また五兵衛は、本所の屋敷の中に〝徳ノ山稲荷《いなり》〟と後に呼ばれた稲荷の祠《ほこら》をこしらえた。

堀田与力が「ご奇特なことで……」というと、五兵衛は苦っぽくくちびるを曲げて、

「あれは日本左衛門を祭ったつもりでおるのじゃ」

「それはまた……？」

「なに、きゃつめ、ちょいとおもしろい男であったからのう――だがいうな。口外してはならぬ。よいな――」

堀田は、五兵衛のもっとも信頼する部下のひとりとなった。彼は五兵衛を助けて以後もめざましい働きをしている。

彼は日本左衛門逮捕から六年後の寛延四年八月、一度解任されて再度盗賊改めになった五兵衛とともに相州小田原へ出役、尾張九右衛門という大盗を捕縛。二年後には奥州川俣《かわまた》で、今日本左衛門只吉《ただきち》と気どって名のる残酷無比の大どろぼうを、五兵衛から派遣されてみごと召しとってきている。

長男の治郎右衛門は寛延元年、三十六歳のときに新お番入りを命ぜられた。家督まえの息子の俸給がいただけるわけだ。食いつぶすところをかせぐのだから旗本仲間でも大いにうらやましがられたものだ。これも五兵衛の間然するところなき運動

によるものだろう。治郎右衛門も妻帯して、男子をもうけた。五兵衛も孫には、すこぶる甘かった。

夜ふけの逸楽は、たゆみなく続けられていた。

同時に、五兵衛は明るい日の下で描くほうの絵画にも、長足の進歩を示した。それは余暇を楽しむ小品ばかりであったが、扇面や茶掛けを上司や同僚から懇望され、しかたなく散らした、飄逸《ひよういつ》な筆致の作品がわずかではあるが現存している。

孫がまた生まれた。治郎右衛門長女りくである。

六十の声をきくと、五兵衛の体力が急に衰えはじめた。

秘画潤筆も、以前のようなガムシヤラなかき損じを重ねたり、空が白むまで熱中したりすることはなく、毎夜きちんと寝所の机には向かうが、練りに練った一枚の構図に取り組み、これを何日もかかってたんねんに仕上げてゆくというやり方に変わってきていた。

絵は精緻《せいち》を窮めた力作となり、一枚が仕上がるごとに五兵衛は執着が残った。彼は若いころ、美濃半紙に墨一色で描いた作品を少しずつ消滅させていった。秘画は二つの手文庫に、ギッシリと詰まっていたのである。

絵を灰にして捨てるということのほかに、彼は思い出深いその数枚を毎朝隠し運んでは、畳敷き一坪半の、香のにおいが揺曳《ようえい》するかわやにしりをおろし、その一枚一枚をブッブッと何か独語しながらなつかしげに見入り、やがて細かく引き裂いたのち便つぼへ落とし込むのである。

勢以も老いた。

三十余年も連れ添い、孫もできてみると、ようやくこの夫婦は、茶飲み話の一つもやれるようになったらしい。

京都油小路の菓子舗、万屋《よろず》の支店が本石町にでき、南蛮菓子のカステラが売り出されると、これが勢以の大好物となった。

「どうじゃ。万屋のかすていらでも届けさせるか」

「たびたびでは癖になりまする、高価なものを……」

「よいわ。わしもそなたも、もはや食うことだけじゃよ」

「ともかくきょうはなりませぬ。美味にはございますがもったいのうございますもの」

宝暦四年四月――五兵衛は六十五歳で、最後の役目についた。西之丸御持筒頭《にしのまるおんもちつつがしら》である。

そのころから勤務中に、殿中の畳やふすまがゆらゆらと動いてでこぼこに見えたり、踏んでいる地面が持ち上がって破れかかり、自分の足がめり込むような錯覚におちいることがあった。

宝暦五年の春のことであった。

ちょうど非番の日で、居間の縁側に毛氈《もうせん》をのべさせた五兵衛は、半切に軽く墨竹を描いていた。

描き終わり立ち上がって伸びをしつつ、庭の木の間を縫って落ちかかる日の輝きに目を上げたとき、五兵衛は、ぐらぐらとめまいして、

「あ……」

気がつくと、庭へ落ちていた。幸い人には見られなかったが、

(醜態じゃ。もういかぬかな……もう長くはあるまい)

へやへ入って、両腕に頭をささえうずくまり、五兵衛は懸命に呼吸を整えた。

秘画潤筆にしても、もう根がなくなり、描いたあとの絵の具や筆の始末は自分ひとりでやらなくてはならず、それがなによりもおっくうであった。だから近ごろは

また簡単に半紙に墨一色で軽く楽しむことにしていたが、それを机に向かっては苦しく、寝床に腹ばいになって三、四枚を描き、それをたたんで三枚重ねた敷きぶとんの間にはさみ、翌朝起きぬけの用便の際に持って出て捨てることにしていた。

ある朝のことだ。目ざめて起き上がったとたんに、また激しくめまいを起こし、おもわず叫んで、突っ伏したことがある。

声が高かったものと見え、家来や勢以までも寝所へ駆けつけてきた。

「いかがなされました」

「むう……いやだいじょうぶじゃ。心配ない」

「なれど……」

「ちょっとめまいがしただけのことよ」

「……お気をつけあそばさぬと……」

「わかっておる」

便器を運ばせようと勢以はいったが、五兵衛は制した。死ぬまで下の世話を受けるのはいやだと思った。

それからかわやへ入ってみて、五兵衛は、

（………？）

ギクリとなった。昨夜の秘画のいたずらがきを、ふとんにはさみ忘れていたのだ。

「や——これはいかぬ」

ろうばいの極に達して寝所へもどると、寝床はまだそのままだ。

（よかった。いまさらに恥かかずに済んだわい）

ふとんの下から五兵衛は作品をつかみ出し、寝所を清めに入ってくる家来の気配にかなりあわてて廊下へ出た。半紙を丸めながら懐中にしまい込みつつ、またかわやへ向かったのだが——それにしても五兵衛の目や頭は、もうかなり老病に鈍りはじめてきていたものとみえる。

丸め込んだつもりの作品のうちの一枚が、廊下へこぼれ落ちたのである。

五兵衛はこれにまったく気づかなかった。

この一枚を拾ったのは、ちょうど中庭沿いの廊下を侍女の手に引かれて通りかかった、孫のりくであった。すぐあとに勢以がつづいていた。

「おばあさま。いまおじいさまが、この紙をお落としになりました」

8

五兵衛は（もうかくまい）と決心した。

三十余年の習慣、その惰性は恐ろしいもので、屋敷内が寝静まると筆をとらずにはいられなくなる。しかし、このような失敗をするほど老いぼれては、もはや危険であった。

（いまさらにまのぬけた恥を……もうやめるしおどきというものじゃ）

五兵衛は筆をとろうとする欲望と戦いつつ、毎夜、ほんのわずかずつだが手文庫を埋めた作品を整理していった。

その一枚一枚には彼の歴史がこめられている。これを描いたころは日本左衛門を、このときには尾張九右衛門を……と想起しつつ見入る五兵衛は、

（お百合も、もう五十に近い）

と指を折ってみて

（や。来年はもう五十じゃ）

だが、五兵衛の胸に生きるお梶もお百合も、今もって老いた身内に燃え残り、冷えかけた血を熱くさせてくれるほど、芳醇なのである。

わたしはばばになったらひとりで暮らしたいといったお梶のことばが、いまさらのように納得がゆくように思える。今は老いたお百合もまた、壮年の力に満ちた五兵衛の肉体のみを知っていてくれるであろう。

(母子ともおのれの美しさをじゅうぶんに知っておったのじゃな)

こうなってみると六十余年の人生のうち、

(わしの心に残され、回想のよろこびに浸らせてくれるものは、お梶お百合とむつみ合うた、あのことばかりじゃ。世の中というものは、人というものはしょせんこうしたものなのであろうか……とすれば、政も法律も、つまり男女が深いよろこびをのちのちまでも残してむつみ合うことのできる世の中にするべく、設けられなくてはならんのだ)

なんだくだらぬことをと苦笑しつつ、五兵衛は、火付け盗賊改め方として世の悪漢どもを震駭《しんがい》させ、治安に大きな役目を果たしたことなどは、まったく念頭になかった。彼が公務に打ち込んだ情熱。その功績が生まれた素因は何であったかも、五兵衛はもちろん、考えてみたことがない。

(人の眠りこける夜を、わしは、あの楽しみによって生きてきた。つまり他人の二倍も多く、この一生を生きてきたことになる。とすると……わしは、これでもなかなか、幸福な男であったのかなあ)

死ぬことはこわかったが、五兵衛は乏しい残りの時間を、最後のときを迎える心構えの充実に使いたいと考えた。

(わしも武士じゃ。それぐらいはやれよう)

宝暦六年の秋——五兵衛は致仕して、家督を治郎右衛門に譲った。

勢以は六十二歳になっていたが、近ごろの彼女が五兵衛に対する態度は、ガラリと変わってきた。まるで町家の世話女房のように、暖かく、くだけて、潤いをにじませてきたのである。

旗本も大身となれば主人の身の回りは男のものがする。これが常道だ。勢以は、しかし、五兵衛の喫飯坐臥《ざが》のすべてに付ききりとなったのである。

侍女たちが

「このごろの殿さまと奥さまの仲が、こまやかになったことはどうでしょう……でも年をとってああいうことを見せつけるのはちょっといやらしくはありません？」

などと陰でうわさをし合ったりする。

五兵衛も、実はめんくらった。

妻というものは、カシの木刀のような女でも、年をとりつくすとこうなるものか。

（勢以も、あれで良い女だったのかもしれぬ。もう少し、わしがしんぼうして、まめに手をかけ丹精をしてやったら……）

あるいは、馥郁《ふくいく》とまではいかなかったかもしれないが、どうにか観賞に耐えうる花びらを開いたかもしれない、と五兵衛は考えるのだ。

（フフン。じゃがもうおそい。おそいわい）

房事から遠ざかったのはいつごろのことであったろう、と考えてみても思い出せなかった。いやもうそんなことを思い浮かべることすらが、五兵衛にはめんどうくさくなってきていたのだ。

夫婦は互いにたより合うようになっていった。

勢以は、五兵衛の寝所の隣室へ床を移してくるようになった。

ふすま越しにボソボソと、老夫婦は孫のこと庭の草花のことや、あす食べるお菜のことなどを語り合うのである。

秘画はもうかかない。ときたま勢以の寝息をうかがい、そっと手文庫を開いて、おのが筆のあとと、かの慶恩作の絵巻きを観賞するだけのことである。

五兵衛は、その傑作を選びに選んで、上下二冊の画帳にまとめ、残りは全部始末してしまってあった。

宝暦七年、七月十八日の夕暮れ、徳山五兵衛は六十八歳の生涯を終わった。

数日まえから息切れとめまい、頭痛が激しくなり、臥床《がしょう》していた五兵衛が、

「きょうは朝から気分がよい。腹がすいてならぬ。夕飯を早くさせい」

と命じた。

そして好物のコイの作りを食べたが、ややあって吐いた。

「いかぬ。寝かせてくれい」

五兵衛は身動きもできなくなって苦しみに耐えた。頭が割れるように鳴った。ただごとでない顔色になっていたが、そのまま居間に床をのべさせ、騒ぎ立つ侍女や

家来を遠ざけ、勢以とふたりきりになると、五兵衛は仰臥《ぎょうが》のまま形を改め、

「もはやこれまでとなったようだ」

「そ、そのようなことを……」

「いかぬ。勢以、そこで頼みがある」

「まだ早うございます」

「早くはない。そこまで迎えに来ておる」

「何がでございますか？」

「閻魔《えんま》の子分がよ」

「まあ――」

「勢以。寝所の手文庫二つの中にあるもののことは、まえに申しつけてあったな」

「……はい――」

「わしが死ぬとなれば、焼き捨てねばならぬ」

「なぜでございます」

「中には、公儀にとって重大なる秘密書類が入っておるのじゃ」

「それほどのものをなにゆえ、焼き捨てねばならないのでございますか？」

「いうな！　黙れ！」

五兵衛は、白いまゆを震わせ大喝《たいかつ》した。

おごそかな気魄《きはく》が顔面を引き締め、干からびた皮膚にほのかな血の色が出ている。

「男の、しかも武士の世界には、女にとうていわからぬ重大事があるのじゃ。すぐに運び、わしが見ている前で手文庫ごと焼き捨てい――は、はやく、早くせい。早くせぬか……」

降るようなヒグラシの声であった。

あけ放った障子の向こうに、忍び寄る夕やみと空の残照とが織りなす静かな気配を漂わせ、石庭ふうの庭がひろがっている。

ややあって、勢以がさしずし、家来たちが、あの鍵のかかったままの手文庫二つを庭へ運んで火を放った。

「起こせ」

治郎右衛門夫婦や、孫たちに囲まれ、勢以に肩をもたせて床の上に半身を起こした徳山五兵衛は、ピクリ、ピクリとほおのあたりのやせた筋肉を震わせながら、全身の気力を双眸《そうぼう》にこめ、キキョウ色に暮れ沈みかかる庭に美しくはえている炎を凝視した。

すべてが灰になったとき、五兵衛は庭にあかりを運ばせて、その灰の中に、もはや何物の痕跡《こんせき》も残存していないことを確かめると、長く深い吐息をついた。

（こうなるまえに、わしの手で始末したかったのじゃが……ついに最後まで、あの絵を手離せなかったとはなあ）

土け色に変わった五兵衛の顔には、放心と安堵が濃く彫り込まれた。

「これでよいわ」

と、静かにいった。

まもなく五兵衛は、

「勢以。そなたもそうは長くもあるまいゆえ、申しておくが、いざとなると、それほどに、こわくはないものじゃ」

「はい」

「冥土《めいど》へ向かうときの、懸念は無用。のんきに、暮らせい」

「は……」

「わたくし……いま一度、三十余年まえにもどって、初めから、やり直しとうございました」

勢以は涙をいっぱいにため、五兵衛の耳もとへささやいたが、もう聞こえないらしく、

「長い間、苦労であった」

「治郎右衛門……」

息子が膝行《しっこう》して顔を近寄せると、五兵衛は、おごそかにいった。

「治郎右衛門。正道を、踏みはずしてはならぬぞ」

勢以は、その年の冬に、夫のあとを追った。

いよいよ死期が近づくと、彼女は、息子の治郎右衛門ひとりを呼び寄せ、

「なき父上よりお預かりいたしましたものが、この手文庫に入っています。手文庫ごと焼き捨ててもらいたいのじゃ」

「父上のときも、そのようなことを……」

「わやわやと申さいでもよろしい。早うしませぬか」

「なれど母上……いったい、何が？」

「ご公儀の秘密にも及ぶ重要な品が入っているのじゃ。父上のご遺言ですよ。早うしませぬか」

暖かい冬の午後であったが、戸障子をあけさせた勢以の目の前で、まき絵の豪華な、勢以の嫁入り道具の一つだった、鍵つきの手文庫は中身ぐるみ焼滅した。

「あ……もう、これでよい。これでせいせいと気がはれました」

勢以は、安堵のよろこびに目さえうるませた。

その翌朝、彼女は安らかに没した。

徳山家の後継者、徳山治郎右衛門は、翌宝暦元年の秋、四十六歳で急死したと記録にはあるが、病名はわからない。何かの熱病であったようである。

彼も死にのぞみ、寝所の手文庫の一つを、長男に命じ、焼き捨てさせた。

ときに十六歳だった長男は祖父の前名をもらって後に権十郎と名のったが、彼は灰になるまえの手文庫から中身の画帳二冊と、あの絵巻きを抜き出したかどうか、それは知らない。

人間のこしらえた鍵などというものも、同じ人間の手にかかっては、まったくたよりにならないものとみえる。

9

日本的南画の完成者といわれ、雄渾《ゆうこん》超俗の名作を数多く残した江戸中期の画家、池大雅の妻で、これも女流画家として知られる玉瀾《ぎょくらん》女史は、ついにその存在を知ることなく没した旗本徳山五兵衛と祇園社茶店の女主人お百合との間に生まれた、お町その人である。

賊将

桐野利秋《きりのとしあき》は、おそらく日本最初の陸軍少将ではないかと思う。

薩摩《さつま》の、米もろくに食えない百姓侍にすぎなかった彼が、明治新政府がはじめて設立した陸軍省の高官へ一足飛びに駆け上がったのは、あの維新の動乱に得意の剣をふるい活躍した勲功を認められたにほかならない。

徳川幕府を攻め倒した勤王諸藩のうち、彼の属する薩摩藩は西郷隆盛《たかもり》、大久保利《とし》通《みち》などの傑出した指導者のもとに最も重要な活動を行ない、天皇を中心に樹立された新政府の陸軍は、ほとんど薩摩藩出身の武士たちによって固められた。

ことに利秋は、薩藩が天下に誇る英雄、西郷隆盛にかわいがられていたのだから、このめざましい出世ぶりもうなずけようというものである。

利秋は、前名を中村半次郎という。

官位を受けたときに彼は、西郷隆盛にいった。

「先生。おいどんな、中村半次郎ちゅ名まえな、どうも陸軍少将には不似合いかと

「思《おめ》もすが……」

西郷は、三十貫ほどもある、あの有名な巨体をゆすって、クックッと笑いながら、

「半次郎どん。おはんも存外、しゃれ者ごわすなあ」

といったそうである。

「いや、そんなら先生もしゃれもんごわす」

「ほう……なんで？」

「先生も、陸軍大将になられ、吉之助《きちのすけ》から隆盛ちゅ名に変えたじゃごわはんか」

「なるほど……」

と、西郷はうなずきつつ、

「わしゃ、今まで気づかなんだが、こりゃたしかにわしもしゃれ者かしれんのう……」

と……それが妙にまじめくさった顔つきでいうので、そばにいたこれも陸軍少将に任命されたばかりの篠原国幹《しのはらくにもと》がおもわず吹き出したものだ。日ごろの言動ばかりではなく、軍服のズボンのボタンをかけ忘れ、中のふんどしが見えるなどというこ

とは格別珍しくないほど、しゃれ者ということばとはおよそかけ離れた悠揚《ゆうよう》たる西郷だけに、篠原もよほど、おかしかったのであろう。

桐野利秋という姓名は、こうして西郷がつけてくれたものである。

罪人の子として生まれ、字もろくに読めぬ、中村半次郎が、よもやこうまで出世するとは西郷自身も思ってはいなかったろう。

西郷は、一つに半次郎のすさまじい剣のさえを買って活躍の場所を与えたにすぎない。もっとも後に〔人斬り半次郎〕と呼ばれるほどの剣名を売った彼の、人なつこい半面の性情に心ひかれ、彼を愛するようになったことはいうをまたない。

中村半次郎は天保九年（西暦一八三八年）十二月——鹿児島城下から一里ほど離れた吉野村実方郷《よしのむらさねかたごう》の貧乏郷士の二男として生まれた。

父の与右衛門《よえもん》は、それでも藩庁の小吏として五石ほどのわずかな俸米をもらっていたのだが、江戸出府中に勤務上のまちがいを起こして罪を問われ、徳之島へ流されてしまった。一説には、半次郎の妹、貞子《さだこ》が幼少のころ大病をわずらい、その医薬費にわずかな公務上の金を、そっと一時借用していたのが上役に見つかってしまったのだともいうが、真偽は別として、いかにも貧しい下級武士の生活の一端がわかるような気がする。

以来、長兄の与左衛門《よざえもん》が家をささえていたが、これも半次郎が十八歳の春に、畑仕事や紙すきの重労働から病死し、一家はあげて半次郎の肩にすがりつくことになった。

罪人の家であるから公職につくこともできず、母と弟妹をかかえた半次郎は全精力をふりしぼって百姓仕事にいどみかかった。

「いまに見ちょれ!! いまに見ちょれ!!」

他人には手のつけられぬほどの山林や荒地を借り受けては、たったひとりで開墾を始めだし、夜も明け切らぬうちに内職の紙すき、日が上ってからは自家の畑仕事。夜は太い木刀を持ち出して剣の鍛練を行なう。

半次郎の「いまに見ちょれ!!」も、ひとえに、この剣道修行にかけられていた。

修行といってもただひとり、必殺の気魄《きはく》をこめて、庭の立ち木という立ち木を相手に打ち込みの練習を繰り返し繰り返し行なうだけである。

もともと薩摩の国の剣法は、示現流をもってその代表とする。

約三百年ほどまえに、東郷重位によって確立されたこの剣法には〝突撃あって防御なし〟といわれるほど激烈なものだ。

刀をつかんだ両腕を突き上げた構えから、互いに迫り合って斬るか斬られるか、振り落とすただ一太刀《ひとたち》にすべてがこめられている。守備をまったく排除した捨て身の剣法だから、ひとつにその鍛練の成果は、剣を持つ者の気魄と力の強さいかんにかかってくるわけであった。半次郎も父が生きていたころは城下の伊集院鴨居《いじゅういんかもい》の道場へ通ってその骨格を修めていただけに、あとは自分ひとりの、独自の技を練ることによって、そのおそるべき剣技のさえは、城下のお侍たちにまで評判されるに至った。

「おいどんは、薩摩第一の使い手になっちゃる。そうなりゃ、いやでも殿様は、この半次郎を取り立ててくれるにちがいなか!! そうなったら、おいどんな殿様に願うて、父さアの罪を許していただくんじゃ。そうして母さアや弟、妹のよろこぶ顔を、おいは一日も早く見たいと思うちょる」

寝る間もないくらいに、労働と鍛練にうむことを知らない半次郎の精力に、近辺の人々が「よく続くもんじゃ」と感嘆すると、半次郎はいった。

「おいは疲れるちゅことな知りもはん。こりゃ自分でも不思議じゃ思うちょる」

精気に満ち、いかにもたくましい肉体、風貌であった。それでいて鼻筋の通ったまゆの濃い、すこぶる美男子であるので村々の娘たちにもてたことはいうまでもない。加えて悲境にめげず

「おいどんは、この剣の力をもってきっと出世してみせちゃる!!」

という希望に少しの疑いを持つことなく勇気りんりんとして貧乏と戦う半次郎なのだから、そのころの薩摩の女たちにとっては彼の魅力というものは絶対なものがあったらしい。

彼が吉野村に咲かせたロマンスはいろいろとあったらしいがついに子どもをもうけるに至った女は、同じ実方の郷士、宮原家の幸江《ゆきえ》ひとりだ。

幸江は半次郎より一つ年上の出もどり女であった。吉野の郷士某にとついだが子が生まれぬというのが理由で離別され、実家へ帰っているうちに、半次郎と愛し合うようになったのである。

背たけも高く、がっしりとしたからだつきで、色浅黒く、どちらかといえば男まさりのパキパキした女で物ごともズバズバいってのける。男尊女卑のお国がらからいえばちょっとケタのはずれた女であったらしい。

南国の常で男女関係は放漫なところがあったのだが、罪人の家のものと関係したというので、幸江の兄で宮原家の当主、弥介《やすけ》が烈火のように怒り、たまりかねて半次郎の家へ飛び込んできたことがある。それは文久二年の二月、といっても九州の空に輝く太陽はさんさんたる光を鹿児島湾の青い海にも、海に浮かぶ雄大な桜島にも、半次郎の村がある吉野高原にも惜しみなくふりそそいでいる暖かいある朝のことであった。

「半次郎はおらんかッ!! 半次郎はどこじゃ」

手入れの余裕もなく、荒れ果てたわらぶきの屋根や薄黒くくすんだ台所や荒むしろを敷いた座敷などを、せわしなく見回しながらわめく宮原弥介に、庭の井戸ばたのシュロの木の陰から声がかかった。

「なんじゃ? 弥介どん——なんの用ごわす——」

見ると半次郎だ。上半身裸体になってからだをふいているところらしい。肉の厚い、そのたくましい胸を見ると、弥介は圧迫を感じ、話がもつれたら斬り捨ててやるなどと息まいてきたものの、心臓が不安げに鳴りはじめてくる。

「こりゃ、おはんは……おはんは、ようもおいの妹をもてあそんだな。村じゅうの評判聞いたか」

「聞いちょる。けれど幸江さアはおいどんにほれちょりもす」

「黙れ!!　これ、半次郎。おいどんは妹の親代わりじゃ。いくら出もどりの妹でも罪人の家へは嫁にやれん」

「弥介どん。もう一度いうてみやい」

　と、半次郎は、のっそりと近寄りつつ、すごい目つきになり、

「さ、もう一度、今のことば、いうてみやいちゅうに――」

「お、おう――何度でもいうちゃる。あ、いうちゃる」

　弥介は、もうまっさおになり、ピクピクと震える右手をかろうじてわきざしのつかにかけはしたが、たけだけしく迫ってくる半次郎に対抗する自信は毛頭ない。たちまち飛びさがって逃げ場をつくりながら、

「別れろ!!　妹と別れてくやいちゅに……」

　と、むしろ哀願の口調になる。

「おはんも同じ吉野の貧乏郷士じゃ。殿様近く取り入りてベチャベチャしちょる城下侍のそのまた下にくっついて、やっと名ばかりの安い禄《ろく》をもらっちょる仲間じゃ

ごわはんか。そいならおいの父がおおぜいの家族かかえてイモアワも満足に食えん身の、なぜ、ちょっとばかりの罪を問われて島流しにあったか……その気持ちがわからんちゅかッ。さ、今の情け知らずの暴言な取り消せ。あやまんなはれ!! あやまれちゅのに……」

半次郎の声には、やる方ない悲憤の情がこもっている。

この後ろ指さされてなおも傲然と生き抜こうとする半次郎の悲憤は、内に押えつけたものではない。彼は肩をそびやかし、洗いざらしのもめんの野ら着に大刀一本ぶち込んでは、堂々と鹿児島城下へ出かけて行き、町を濶歩した。

どこの藩でもそうだが、ことに、この七十七万石の島津家が領する薩摩藩では、上級藩士と下級藩士の区別がうるさい。農民とともに百姓仕事に励みながら、いざというときには武器をとって戦うという使命をもたされている郷士たちは、ことごとに城下の藩士たちからけいべつされる――というよりも、むしろ厳然たる交際禁止が昔からのしきたりであった。

吉野高原の郷士たちは、ことに「カライモ」とか「紙すき侍」とかいわれて冷笑されていた。カライモはいわゆるサツマイモで吉野一帯の名産である。もともと薩摩の国は火山灰地が多くて水利に恵まれず、したがって水田があまりない土地だし、富には縁遠いところだ。質朴、剛健な薩摩隼人《はやと》の武勇を尊ぶ気風もこうした風土から生まれたものであろう。

型破りの半次郎が胸を張って城下町へ出てくると、城下に住む血気の藩士たちは、

「吉野のカライモめ、また大手を振って歩いちょる。よか!!　引っぱり込んで二度と歩けぬようにしてしまえ」

袋だたきにしようとするのだが——とても半次郎にかなうものではなかった。オオカミのように敏捷!!　トラのように猛烈な攻撃!!……半次郎の一撃また一撃は調子に乗って、城下の道場荒しまで始めるようになってきていたのである。

この評判はもちろん、吉野一帯にも広がっていたし、いくら妹思いの弥介が家名を汚してはと乗り込んでみても歯の立つわけはなかった。

「す、す、すまんこッごわした」

べたりと庭のクスノキの大木の下へすわり込んで、びっしょりあぶら汗をかいた弥介が手をつくと、そのクスノキの、半次郎の木刀でメチャメチャに皮のむけた木

の陰で、女の笑い声がひびいた。

「あッ、幸江——」

「だから兄さア、行ってもむだじゃというたのでござす」

幸江はむぞうさに巻き上げた豊かな黒い髪にちょっと手をやったが、みるみる大きなひとみに情熱をたぎらせ、兄の弥介をしり目にすたすた半次郎のそばへ寄って、甘やかに何かささやきはじめる。

「チェ!!」

舌打ちをして弥介は、

(妹の腹の子はどうする。どうしたらいいのか……まさか罪人の家に妹を……それだけは困る。それだけはいかん)

頭をかかえて弥介はうめいた。

「おとといの晩から姿が消えたちゅうので、貞子さア(半次郎妹)も母さまも心配しておられました。どこへ行っておじゃした」

幸江が両はだ脱いだ半次郎へ野ら着のそでを通してやりながらきくと、半次郎は、もうサッパリと弥介への怒りは忘れたように、

「うん。滝の上の川まで行きもしたよ」

「何しに？」

「あの辺はカッパが出て、通るもんのしりご玉抜きよるちゅて村のもんがこわがっちょる。そいで……」

「カッパ退治な？」

「うん」

「そいで飲まず食わずに二日も川べりに？」

「うん」

幸江はおかしそうに、しかもわが子を愛撫《あいぶ》するような笑い声をたてて、なおさら、弥介をあきれさせた。

（半次郎め、二十四にもなって、これじゃ。こんな男に妹を……）

そう考えると、弥介は泣くにも泣けない。

つい数日まえに友だちとなったばかりの、城下侍で小人目付けを勤めている佐土原英助が庭先へ駆け込んで来たのはこのときであった。

見ると、半次郎の母親の菅子も妹の貞子も、野ら着のまま顔に興奮の血をのぼらせて佐土原について姿を現わすと、萱子はわッと泣き声をあげながら半次郎へすがりついた。

「なんじゃ？　どうしたんじゃと母さア……」

「半次郎どん」

と佐土原が進み出て、

「おはん、殿様のお供がかないもしたぞ」

「なんでごわすと？」

「西郷先生のお口添えで、京にのぼる藩士の中に加わることができるのじゃ。おいは西郷先生の使いでごわす」

「ほんとうか？　そりゃほんとうでごわすか？」

「もちろんごわす」

と、佐土原はうれしげに近寄って半次郎の肩をたたき、心からいった。

「よかったのう、カライモ――」

半次郎は
「よかったのう半次郎。ほんとによかった。島においでなさる父さまも、この知らせ聞いたら、どげによろこぶことか……」

と泣きむせぶ母の肩を抱きしめ、わなわなとくちびるを震わせたばかりで声も出なかった。

ただぼうぜんと、半次郎は、西郷吉之助の深々と澄みきった巨大な双眸《そうぼう》を脳裏に浮かべ、顔じゅうにあふれる涙をぬぐおうともしなかった。

半次郎が城下の西郷邸を訪問したのは五日ほどまえのことで、みやげにはカライモを十個ばかり包み、案内を請うた。意外にも西郷は気軽に会ってくれた。半次郎が「こや、みやげごわす」と出し並べるカライモを見て、ちょうどそばにいた弟の吉次郎がおもわず吹き出すのを、西郷は強くしかりつけ、

「こや、みごとなできじや。あとでゆっくりといただきもそ」

イモをいただいて見せ、西郷は厚く礼をいった。

半次郎は、心をこめて選んだできのいいイモだっただけに、もううれしくてたまらず、胸にたまったうっぷんと嘆きを、まるで父親のひざへすがりつく思いで訴えはじめた。つまり、近いうちに京へ上る藩兵のひとりとして用いてもらいたいとい

うせつせつたる願望をぶちまけたのであった。藩の信望を一身にになない、軍賦役という要職にある西郷吉之助の屋敷へ単身乗り込んできたのは、いかに乱暴者の半次郎にとっても（この機会を逃がしては——）という、押えきれない焦燥にたまりかねたからであろう。

当時、日本の政権を握っていた徳川幕府は、外からは西洋諸国の圧迫、内からは全国に火の手を上げた勤王運動に板ばさみとなって、政治も経済も混乱の極に達していた。

薩摩藩は先代藩主島津斉彬《なりあきら》以来、天皇を擁して幕府の政治に重きをなし、多難な国政に当たろうとしていたわけだが——斉彬の死後も、まだ幼ない藩主の忠義の父、久光《ひさみつ》（斉彬の弟）によって、その意志は受け継がれてきている。

軟弱な幕府の政治を建て直し、京都にある天皇を中心に国体の確立を計り、この東洋の美しい島国を侵略しかけている外国列強の威圧を、なんとか切り抜けようとする動きは、薩摩藩ばかりではない。長州、土佐の諸藩もむしろ先を争うようにして朝廷に取り入り、政権をになうべき名目を得ようとする。国難を憂う精神のりっぱさはともかく、日本における政治改革が、朝廷を中心にしての権力争いになるのは、古来、何度も繰り返されてきたことであった。

この権力争いに打ち勝って、みごと、危機にひんした日本の政治を一手に引き受けようため、藩兵一千余を率いて京都へ上る島津久光である。

先君の斉彬に見いだされて小姓組の軽輩から次々にばってき登用され、薩摩藩のみか、全国の勤王運動の中心となって大きく動いている西郷吉之助には、久光も一目置いている。

「西郷先生!! おいも京へ連れて行ってたもし。お願いごわす。おいどんな、昼は畑、夜は紙をすいて眠る間もなく働きつづけてきもした。そいもよか。そいも艱《かん》難《なん》、なんじを王にす、でごわす」

半次郎が懸命にしゃべると、また吉次郎がこらえきれなくなって吹き出した。西郷もこんどは弟をしからず、暖かい苦笑を漏らして、

「そりゃ半次郎どん。艱難、なんじを玉にす、でごわしょう」

「なんでもようごわす。くずして書けばおんなじようなもんごわす」

もともと半次郎はむずかしい四書の素読などは大きらいで外祖父（母の父）の別府九郎兵衛《くろべえ》や亡兄の与左衛門《よざえもん》がむりにも読書をさせようとすると、いきなり本を投

げ出して庭へ飛び出し、「バカ、オンジョ!!（バカ、じじい）」と叫んで逃げていってしまう。

七歳のときのことだが父が鎧櫃《よろいびつ》の中にしまっておいた火薬を持ち出していたずらをし、顔や手足に、ひどいやけどを受けても平然として痛いともかゆいともいわず、夕飯のぜんにノコノコと出てきた半次郎だが、めんどうくさい読書は大きらいであった。それでも彼はかな交じりの〔水滸伝《すいこでん》〕や〔三国志〕など英雄豪傑の活躍する読み物や〔太平記〕における楠正成《くすのきまさしげ》の武勇、天皇への忠誠などは大いに好み、九つ年下の従兄の別府晋介《しんすけ》が呼び出されてわからない字を教えたり、果ては舌が回らなくなるまで音読させられたりして、大いに晋介は閉口したそうである。

「このときをのがして、おいどん、この腕をふるうときはごわはん。勤王に刃向こう犬どもな斬り捨て、天皇階下とわが薩摩藩のために働きたいのでごわす」

と、またも吉次郎が腹をかかえて笑いだす。

「ワハハハハハ」

後になっても、よく半次郎は陛下と階下を混同してしゃべり、笑われたものだ。

そのたびに彼は平然と言い放った。

「おはんらのごとく、学問しよったもんが字をまちがえたら笑うてもよか。おいどんはもとから字を知りもはん。まちごうても恥じゃなか」

とにかく、――その日は――「きょうはまず帰んなはれ」と、西郷にいわれて、スゴスゴと屋敷を辞し、城下町を抜け、吉野への山道へかかると、御内用屋敷の方向から騎乗の若い武士がやって来るのに出会った。

西郷の許可が得られなかったムシャクシャした気持ちもあって、半次郎はすれ違いざま、その武士が乗っている馬のしっぽをつかんで、片手抜き討ちにふさふさとしたしっぽを切り落としたものである。

これでは納まるはずがなかった。

この若い武士が、佐土原英助で、もちろん、半次郎のことはよくうわさに聞いているだけに、もはや許してはおけん、というので、馬から飛び降り、さっそくに決闘を申し込んだ。

場所は道を上って切れ込んだ山林の中だ。

佐土原は、学問もあり腕も立ち、西郷や大久保の信頼も深く、こんど京へ上る軍勢にも加わり大砲一門、兵十三名を指揮することになっているほどの男だが、この

ときは、さすがにわれを忘れて、

「今こそ城下侍一同になり代わり、この佐土原が、われの首、斬っちゃる!!」

ぱッとぞうりを脱ぎ捨て抜刀した。

「おう!!」

半次郎も叫んで飛びさがり抜き合わせたが、急に人なつこい目を、いたずらっぽく笑わせ、

「待ちゃい!!」

「なんじゃ?」

「ちょっと、待ちゃい」

「なんじゃちゅに!!」

「いや――ちょっと……」

半次郎は目を閉じ、刀をおろして腰をかがめ「うむ……」と低くうなって、みごとなへを放った。

「あ――こりゃ、きさまッ」

佐土原も二の句がつげず、刀をおろして半次郎を、まじまじと見やったが、

佐土原は

「臭い」

と、鼻をつまんだ。

「こりゃ無礼ごわした――さア、やりもそか」

まるで子どもがすもう遊びでもするように半次郎がいうのを見て、佐土原はすーッと気が抜け、あきれ果てたような笑いに誘われた。

「おはんちゅ人は、ま、なんちゅ人じゃ」

半次郎も、ニコニコして、

「いやア、どうも気が抜けもした。きょうはやめもはんか?」

という。

ふたりは声を合わせて高らかに笑いだしていた。

そしてふたりは、一ときほど、佐土原の腰にあった竹の水筒の酒を飲みながら、その林の中で語り合った。ふたりは互いに持っている美点を認め合ったようである。

だから、佐土原英助は、半次郎が、たとえそれは一兵士としてであっても、京へ上る軍勢のひとりに加えられたことをよろこんでやれずにはいられなかったのだ。

こうなると、もう半次郎は女などのことは忘れ切ってしまう。

長年、錬磨《れんま》した腕が鳴り、京都での活動にひたすら目をすえ、

「きっと手紙をくだされ。待っちょりもす。半次郎どん、待っちょりもす」

とかきくどく幸江との別れの一夜も、もううわのそらで、彼は大砲のなわを引き足を踏み鳴らして京へ上っていった。

半年――一年……。

半次郎からのたよりはなかった。手紙を書くことなどを彼に望んでも無理だったのかもしれない。とにかく、中村半次郎は薩摩藩の密偵のひとりとして、藩の動向をさえぎる者に刃をふるう暗殺者のひとりとして、息をつく間もない明け暮れを……ということは、一人まえの武士として、働いているという興奮の中へ、ひたぶるにしがみついて、京の町であばれ回っていたのである。

この間に、徳之島で父、与右衛門は病死し、そして幸江は、生まれ出た男児を半太郎と名づけて兄の弥介に託し、弥介の強い指示に従い、すべてをあきらめた身で近辺の郷士、伊集院家へ再婚した。

約三百年の間、日本を統治した徳川幕府が崩壊し、五百数十年ぶりに日本の政治は天皇のものとなった。すなわち王政復古である。

この明治維新の成功までには、幾多の複雑な段階、めまぐるしい事件と戦火と謀略の連続があったのだが——けっきょくは、薩摩藩と長州藩が、今までの確執を水に流し、共に手を結んで、ついに倒幕の密勅降下を実現した。

慶応四年の晩春——大総督府参謀の西郷隆盛に率いられた倒幕軍は、錦《にしき》の御旗《みはた》を押し立て、江戸へ攻め上り、時の将軍慶喜《よしのぶ》は大政を奉還し恭順した。こうしてこの年の九月に改元あり、明治元年となったのである。

西郷隆盛に対する内外の信頼感というものは非常に深く、この大革命が比較的に人間みある、みじんもむごたらしさを感じさせない状態のまま成功を納めたのはたしかに西郷の決断力と、その大きな人望によるものがあったといってよいであろう。

西郷は明治維新の立て役者であった。彼が明治新政府において、第一の功臣としての厚い恩賞を受け、日本最初の陸軍大将となったのもうべなるかな、というべきであった。

明治四年七月――今まで大名が治めていた全国の土地を朝廷に収め、その軍隊を朝廷が裁兵するという、完全な封建制度の打破が決行された。いわゆる廃藩置県である。

これも西郷の人望によって無血のうちに成功を納めた。新政府は薩摩と長州二藩から出た指導者たちによっておもに運営されていたが、今まで武家によって統治され、三百年もの間にしみ渡り根をおろしてしまっている日本諸国の政治、生活、習慣、風俗を統一して、強大な外国列強に対抗しなくてはならないということが、いかに困難なことかはいうまでもない。

指導者たちは、外国文明の吸収に懸命であった。

このさいちゅうに、あの〔征韓論〕が持ち上がったのだ。

日本と海峡一つ隔てた韓国の国王はたいへんな欧米ぎらいであり、維新後、外国に門戸を開いて外交を始めた日本をけいべつし、いくら日本が国交を調整しようとしても、まったく取り合ってくれない。

「そいばかりか、韓国のわが国に対する反感は、一年一年と高まるばかりごわす。ことしになってからはわが使節の住む草梁館に対して食糧の供給まで中止しおった。そいにまた、ほれ対馬《つしま》と釜山《ふざん》の間を往復しちょった番船の出入りを差し止めたじゃごわはんか。さらにじゃ。日本商品の輸入も禁止しおった。このうえ、韓国に見くびられたら、わが国はどげになるかしれたもんじゃごわはん!!」

と、中村半次郎改め陸軍少将、桐野利秋は大いに憤慨した。

このころになると利秋も、かなりりっぱになってきている。すぐれた勤皇志士たちと交際もしてきたし、努力して字も勉強したし、十余年のなみなみならぬ歳月にもまれ、どうやら貫禄《かんろく》も出てきた。京都では新選組や見回り組の猛者《もさ》たちに恐れられるほどのすさまじい剣のさえを見せたものだし、薩摩藩や官軍が行なった戦争のたびに、利秋は

「あやつは、よろずにつけ、物をこわがることを知らんやつじゃ。肝の太かこと無類じゃ」

と、外祖父の別府九郎兵衛が口癖のようにいっていたことばのとおり、獅子奮迅の働きをしてきている。

韓国の無礼に対し、これを討つべしとの〔征韓論〕が、西郷隆盛を中心に、もはや押え切れないものになってきたのは明治六年の春であった。

それはちょうど、右大臣外務卿《がいむきょう》の岩倉具視《ともみ》を全権大使として、木戸孝允《こういん》・大久保利通・伊藤博文《いとうひろぶみ》・山口尚芳らの、新政府高官が、欧米視察と、不利な条約改正の使命をもって外国へ出発したるすの中のことである。

るすを預かっていた西郷隆盛は、

「まず使節を韓国に派遣して正理公道を説き、なおも相手がきかなかった場合には、その非を世界に訴え、堂々と討伐すべきじゃ」

と、各参議にはかった。

参議のうちのひとりが

「これは一大事でござる。岩倉右大臣らの帰朝を待って決めたほうがよろしかろう」

というと、西郷はいつになく怒り、

「一国の政府が国の大事を決めかねるというのはどういうことじゃ」

としかりつけ、決然と、

「韓国への大使には、わしが行きます」

西郷は太政大臣の三条実美《さねとみ》に、天皇への上奏を強硬に迫り、ついにそのご内諾を得ることができた。

西郷は欣喜雀躍した。

というのは――新政府成って以来、西郷のような古武士気質の残っている英雄は、めまぐるしいばかりの時代変転や、それに伴って複雑化し、密謀や駆け引きの多くなった政治機構、または流れ込むバタ臭い外国文明を、何もかも取り入れようとする政府の動向から、ちょっと取り残された感じであった。

禄を取り上げられた武士たちには士族という名称が与えられはしたが、その実際的な力は全部、政府が取り上げてしまったのだから全国にわたっての不平不満は見のがすことができない危機をはらんでいる。韓国を討つことになれば、これらの士族にも活躍の場所が与えられようし、政治的にもすべてが解決されようという考えもあった。

大使として韓国へ出かければ、そのときの険悪な状態からして必ず危害を受けるというのがだれから見てもあきらかであったし西郷もまた、口では、

「国交回復の使者に危害を加えるなどということはけっしてごわはん」

と言い切ってはいたが、腹の中は、命を捨てる覚悟であった。

大使としての自分が相手から危害を加えられたら、りっぱに戦争の名目がつくというものである。

桐野利秋をはじめ、篠原国幹（少将）別府晋介（少佐）辺見十郎太（大尉）をはじめ、東京にいる西郷麾下《きか》の薩摩軍人たちも、始めは西郷の朝鮮行きを「危険でごわす」と止めにかかったのだが……今は、西郷とともに決死の軍を朝鮮に発し、日本の国威とともに薩摩隼人の働きを天下に示す、というところへ結びついてきている。

西郷もときに四十七歳。肥満した肉体の心臓も悪化してきているし、このあたりで国のために最後のはなばなしい働きをやってのけて死にたかったのであろうか——。

この年の夏——欧米視察団が帰朝した。欧米のおそるべき戦力・国力を目のあたりに見てきた彼らは、るす中に進行していた征韓論に驚愕した。

戦争どころではない。まだ海とも山ともつかぬ日本の貧弱な国力をもって、外国と事を構えることなどもってのほかである——岩倉も木戸も大隈も、そして西郷とは無二の親友である大久保利通も、絶対反対の立場に立って、まとまりかけていた西郷の朝鮮行きを突きくずしにかかった。

夏から秋にかけて――数度の内閣会議が行なわれ、西郷は必死の力を振りしぼって反対派と戦った。

その最後の決定が行なわれる会議のあるまえの夜――本郷湯島にある桐野の屋敷へ、ぶらりと西郷が訪れてきた。

例のごとく、従僕の吉左衛門《きちざえもん》ひとりを供にして、勲章も飾らぬ黒い軍服姿の巨大な姿を、のっそり現わすと、

「利秋どん。わしゃきょう耳にはさんだのじゃが――おはん、万一のときは大久保参議を斬るちゅて、陸軍省や海軍省の中で、大声にわめき立てたちゅことじゃが、そいはまことのことでごわすか？」

「いかにも申しました」

利秋は少しも悪びれずに言い放った。

この屋敷は、もと高田十五万石。榊原家の下屋敷だったものを利秋が買い受けたものだ。その広壮をきわめた屋敷内の書院いっぱいに敷きつめられた緋色《ひいろ》の絨毯の上のフランス製のイスにかけて西郷と向かい合った桐野利秋は、このとき三十六

歳。薩摩がすりにつむぎのはかまをつけ金鎖のとけいを腰に巻いたところは、とうてい、十余年まえの〔カライモ半次郎〕と同じ人間だとは思えない。

ランプの光に満たされたこの室内に、屋根を打つしぐれの音が聞こえたりやんだりした。

西郷は吸いかけたキセルでタバコ盆を強くたたき、置き捨てると、

「おはん、この場合、特に言動を慎んでもらいたい」

「なんでごわすと――おいどんは、先生に刃向こうやつは、たとえ岩倉公といえども、大久保どんといえども許すことはできもはん」

「黙んなはれ」

「いや黙いもはん」

「黙んなはれ!!」

西郷は目をむいてきびしくしかりつけた。

利秋は圧迫され、くちびるをとがらしてだだっ子のようにうわ目づかいに西郷を見ながらすねた顔つきになる。こうなると、まったく昔の半次郎そのままで、ひたすら西郷のためを思い、西郷のためにはいつでも命を投げ出すという純真な思いっ

めた胸の中がハッキリと顔に出てくる。それだけに西郷も、利秋の腹に一物も隠してはおけない粗暴ながら信ずるに足る性格がかわいいのだろう、ニヤリと笑って、またキセルを取り上げた。

飾りだなのオルゴールどけいが、ゆったりとフランス国歌を鳴らしはじめた。

「利秋どん――そりゃ、わしは、おはんの気持ちな、ありがたいと思うとる」

「おいどんは、先生によって、これまで身を立てることができもした。こいはけっして忘れもはん!!　おいどんの命は先生の命でごわす。そいじゃから口惜しか!!――しかも、わが薩摩の大久保どんは事ごとに先生の征韓論に反対し、西洋かぶれどもの仲間入りしちょる。おいどん、こいは許しもはん。大声上げて許しもはんというのでごわす」

なによりも利秋は、大久保利通が憎かった。大久保は市蔵時代から西郷とともに苦難を共にして維新の大業を成しとげるべく働いてきた、西郷にとっては無二の親友である。

それが、公卿《くげ》出身の岩倉や、長州出身の木戸などといっしょになり、西郷に反対し、国威を発揚すべき征韓の論をぶちこわしにかかっていることが口惜しくてたまらないのであった。

ことに大久保が、右大臣の岩倉と結んで、西郷を屈服させるべくひそかに策謀を練りつづけている様子がたまらなく不愉快なのである。それは西郷にしても同じ思いであったろうと思われる。

「桐野どん。今はたいせつなときでごわす。軽挙妄動を慎んでくだされ。まだあしたの会議なありもす——使節派遣の決定は確実となったわけじゃごわはん」

「じゃが先生!! すでに勅許を——」

「あや勅許じゃなか。陛下のご内諾でごわす」

と、西郷は、ほろ苦く笑って、

「今は十年まえの日本とは違もす。腹と腹、胸と胸をぶち明け、人間と人間とが政治をとるのじゃごわはん——何十人もの人、何枚もの書類が国を治めるのでごわす——じゃから利秋どん……ゆだんはできん」

西郷は両腕を組むと、苦渋に満ちた目を閉じ、むしろ自分に言い聞かせるようにつぶやいた。

翌日の太政官会議は、今の日比谷公園の宮城寄りの一角にあった議定所で開かれた。

大久保利通は、それまで親友の西郷と争うことをいやがってあまり会議には出てこなかったのだが——岩倉右大臣の懇請もあり、自分としては朝鮮問題に火をつけることが、どうしても現在の日本にとって憂うべきことであるという所信には断固たるものがある。

大久保はひそかに……西郷との友情がきょう限りのものであると決意して、この日の会議にのぞんだ。

出席者は右大臣岩倉具視、太政大臣三条実美、参議の西郷隆盛、木戸孝允（病気欠席）、板垣《いたがき》退助、後藤象二郎《ごとうしょうじろう》、江藤新平、大木喬任《たかとう》、大隈重信である。

征韓論および大使派遣反対を唱えるものは大久保以下、岩倉、木戸、大隈の三人であったが、西郷派の板垣も、後藤、江藤なども、岩倉の卓抜した政治手腕によってやや軟化を示してきている。

必然、会議は大久保と西郷の激しい論争となったわけである。

「西郷どん!!　おはん外遊をしてくれぬか。その目で欧米の文明を見てもらえば、わしのいうこともようわかってもらえると思う——文明国の政治とはただ一つ、国民を富ませ、その力を涵養することじゃ。世界文明諸国のうち、内務省のなか国はわが日本のみでごわす」

大久保はあくまで理性的に説き伏せようとすると、西郷はちらりと皮肉な微笑を浮かべ、

「何事も人間がやるコッごわす。そげに珍しがることも驚くこともなか——西洋の文明開化に驚くことは、今の流行じゃごわはんか」

「これ西郷どん!! おはん天下の大勢を知らんはずはあるまい。横浜には強大なる武装に身を固めた英仏の駐留軍あり、またそのうえに、外債五百余万両、輸入超過年百万両というわが国の貧弱なる財政によって、外国相手に戦争ができると思うのか」

「わしゃ、いくさしに韓国へ出向くのじゃない。国交回復の使節として……」

大久保は、これを切りつけるようにさえぎった。

「行けば死ぬ。死ねば戦争の名目がつく!!」

西郷はじろりとにらんだまま口をつぐむ。

大久保は押しかぶせた。

「もし韓国と戦って負けた場合にはどうなりもす」

「……」

「もし戦うて負けた場合、いや韓国の後ろには清国がしり押ししとる。それればかりか、ロシア、イギリス、フランス、おそるべき外国が介入して来て事がうまく運ばなかった場合には、おはん、その責任を、だれにかぶせるつもりじゃ」

「何事も、この西郷の責任ごわす」

「黙らっしゃい!!」

「なに!!」

「おはん、勅許を得て海を渡り、その結果が招来するものは、事の善悪にかかわらず、その責任はすべて、まだお年若な天皇にかかることをご存じないか!!」

大久保も必死であった。

「西郷どん!!　わしもおまえさアの苦衷はようわかっておる。全国の士族は、その不平不満を新政府にいだき、ために社会人心はまことに穏やかならざるものがごわす——それにまた、政府の高官に成り上がった者のうちには、昔を忘れ、現在の出世に目がくらみ、眼前の安楽をむさぼる者も少なくない。新政府樹立してよりわずかに六年、早くも風俗の退廃、綱紀の弛緩は目に余るところもある——おまえさアは、こうした国内の乱れかかった人心の刷新を計ろうとして……」

「いや、国威を海外に示すことが今の急務じゃ」

「いや、おまえさアは新政府の責任者として、その国威宣揚のための戦争に国内の不平不満を結びつけ、これを解決なさるおつもりじゃ——そいもよか。じゃが問題は、その日本の戦争に乗じて、西洋諸国の侵略政策が、どう動くかちゅことじゃ!!」

西郷は、苦々しげに大久保を見やった。何十年も兄弟以上に苦労を分け合った親友の反逆なのである。彼は、ややあって、重々しく

「今は、世界じゅうが武力の時代でごわす」

と、こういったきり、もうプツンとくちびるをあけようとはしなかった。

西郷は、この会議の席上で、味方の板垣などがあまりはかばかしくない煮え切らない態度になってしまったのを見てとってしまったし、とにかく大久保、岩倉を中心にした反対派の策動が、巧みに自分ひとりを押し包み退けようとしていることが

不快で不快でたまらなくなってきていた。

明治維新の動乱が、自分ひとりの力、人望を中心に揺れ動き解決できたことをよく知っているだけに、またおのれを頼むところも大きかった西郷である。

こうなるとめんどうくさい論争や複雑な裏面の工作などのすべてがうとましくなってしまい、西郷は、秋の夕やみの冷気が漂う会議所の窓ガラスへ、ぼんやりと視線を投げかけたまま、席を立った。

会議はまたあすに持ち越された。

この間に岩倉は大久保とはかり、急ぎ宮中へ参内して懸命に明治天皇を説いた。

やがて――国政を養い、民力を養い、つとめて成功を永遠に期すべし――との勅旨が下った。

ここに征韓論は破れ、西郷は辞表を出し、これが受理されると、単身、横浜から船に乗り、故郷鹿児島へ帰国してしまったのである。

「百千の窮鬼われいずくんぞおそれん。脱出す人間虎狼《ころう》の群れ」

という西郷の詩は、まさに当時の心境を物語っている。政治家という人間が、まるで虎狼の群れに見えたのであろう。

桐野利秋をはじめ、篠原、別府、辺見など、陸軍の高官、軍人は続々と西郷のあとを追って辞表をたたきつけ、鹿児島へ帰ることになった。いずれも西郷と同じ憤《ふん》懣《まん》を胸にいだいていたのだ。

「見ちょれ。わが国の陸軍なほとんど薩摩のもんが握っちょるのだ。陸軍なカラッポになるわ」

別府晋介のことばどおり、東京の陸軍はまったく名のみのものとなった。

ここに桐野利秋の、はでやかな陸軍少将としての人生は終わりを告げる。

勲功によって賞典禄二百石をもらった桐野の生活は豪華なものであった。彼は手中に得たものはすべて散らした。後輩や使用人のめんどうを見ることはもちろん、あいかわらず彼の身辺をとりまく東京の女たちへも惜しみなくこれを与えつくしたのである。

事実、当時、柳橋や新橋の芸者たちの中では「池《いけ》の端《はた》の御前ならただではおかない」と意気込む女たちが多かった。ぜいたくな衣服にフランス香水をふりかけて東京の町を濶歩する桐野利秋――薩摩のいなかもんがなんてキザな……と初めはまゆをひそめていた女もいつしか魅了されてゆくのは、利秋の引きしまった美男ぶりと、さっそう、明快な男性的体臭が、そうした生活によく似合ったものであろうか——。

篠原国幹がこんなことをいったことがある。

「利秋どんが女子にもてるのはな、この人が死ぬことがこわくないからじゃ。じゃからすべての物に執着がなか。よってみえも外聞も飾る必要ごわはん——じゃからこそ、女にも男にも、真底、腹のうちから少しの惜しみもなく親切をつくしてやんなはるからでごわす」

利秋は鹿児島へ帰る朝も、暇をとらせた下女の（この女にも彼は手をつけていた）家に馬を走らせて訪れ、銀座の玉屋で買った金の指輪と多額の金を渡し、泣きむせぶ女の背をなでながら、

「よかとこへ嫁に行きやい。な……な……わかりゃせん。だいじょうぶ、だいじょうぶ——」

馬を飛ばせて新橋駅へ来ると、プラットホームには珍しくも久しぶりに、佐土原英助が見送りに来ていた。

佐土原も今は陸軍中佐。彼は大久保に従い、随員として欧米を回ってきている。

もちろん、征韓論に反対である。

「ようわかったな。おいはだれにも知らさず出発するつもりじゃったが……」

利秋は笑いながら、しかしひとみの底には大久保一派への憎悪をひそませて、こういうと、佐土原はまゆをひそめ、

「おはん、鹿児島へ帰って何するつもりでごわす?」

「またカライモなつくりもす」

「まさか――」

「敗軍の将、兵を語らずじゃ。ワハハハ」

「自重してくれい、な、頼む。西郷先生はかけがえのないお人じゃ」

「何いうちょるか、おはんは――おはんらが策謀によって追い出した先生をいまさら心配する必要はなか!!」

一瞬、にらみ合ったが……。

「おはん、いつも良かにおいさせちょる。あいかわらずフランス香水つけちょるのか」

と、佐土原が気を変えていうと、利秋はニヤリとして、ポケットから香水びんを

一つ取り出し、

「またいつか、これをつける日もあろうかと思もすよ」

汽車が動き出し、手を振る佐土原に、利秋は激しい視線を浴びせつつ、

（いまに見ちょれ。西郷先生と共に、きっとまた東京へもどる。そうして天皇を取り巻く奸臣《かんしん》ばらを追い払ってくれる!!　そのときにおいどんは、この軍服に、この香水をふりかけて東京へ乗り込むんじゃ）

と心に叫んだ。


西郷隆盛を擁した約二万の薩摩軍が、東京政府の施政を詰問すべく、鹿児島を出発したのは、四年後の明治十年二月である。

この日の来ることを桐野利秋は、胸の高鳴りを押えてどんなに待ちかねたことだったろう。

あれから故郷へ帰った利秋は、ふたたび、もとのカライモ半次郎にもどった。東京での豪奢な生活に慣れていたはずの彼が、なんのみれんも執着も残さず、あっさりと農民の姿に切り替ったのも、心中、深く期することがあったのであろう。

利秋は、吉野村の生家からなおも高原を奥深く入った吉田村宇源谷の荒野に小さな家をつくり、開墾を始めた。

母の菅子は、山之内家へ養子に行き、今は県庁へ勤めている弟半左衛門《はんざえもん》の家（鹿児島市内）に預け、ただひとり、いや十四年ぶりで昔の恋人と共に百姓暮らしを始めたのだ。

女は、いうまでもなく宮原幸江である。

幸江は、あれから再婚した伊集院家を出て（夫は病死した）二年ほどまえから、また吉野村の実家へもどっていたのである。

ときに利秋は四十歳。幸江は四十一歳になっていた。ふたりの間に生まれた男の子は、半太郎と名づけられ幸江の兄、弥介が自分の子どもとして育てていたことはまえに述べたとおりだ。

利秋は畑仕事の合い間を見ては、ちょくちょく鹿児島市内へ出かけて行く。その通りすがり、必ず吉野村へ立ち寄っては、宮原家を訪れ、半太郎に菓子やこづかいを渡すのがなによりの楽しみであり、半太郎もまた、よくなついた。

昔の半次郎と違い、今は西郷の片腕といわれる陸軍少将、桐野利秋である。いまや彼は鹿児島の名士であった。

十三歳の半太郎が、この父を……いやおじを誇りに思っていることはもちろんだ。

半太郎も二里余の道を宇源谷の利秋の家を間断なく遊びに訪れる。

弥介も、これには困った。しかりつけると、

「父さま。なぜ、桐野のおじさまとこへ行っちゃいかん？　おいは、そいがわからん」

半太郎に、こう反駁されると弥介も返すことばが見当たらなくなる。

弥介も四十七歳。県庁へ出ているが妻の文子との間には子がない。

「妹。あまりな、半太郎を寄せつけんでくれ」

ある日、利秋のるすを見計らい宇源谷へやって来た弥介が、幸江に訴えると、幸江は、たっぷりと肉のついたそりぎみの、女にしては堂々たるからだに、哀愁の思いをにじみ出させて、うつ向き、

「はい――けれども子どものことござす。なんちゅてしかったらよいか……」

「今じゃ、半太郎は、おいどん夫婦の子として役所にも届けちょる。その後、おは

んはやもめになり、そのうちに、こうやって、また桐野どんといっしょに暮らすようになったんじゃが……」

「はい——」

と幸江は、このとき耳のあたりへ熱く血の色をのぼらせ、

「なくなった伊集院どんには悪か思もすが、まさか四十になってから、こうやって……わたしゃもう、夢にも思もはんことでござした」

おくめんもなく兄にのろけ話を聞かせるのである。

「こや、いいかげんにしとけ」

「はい——けれど兄さま、安心してくだされ。桐野もわたしも、けっして半太郎をとり返そうなどとは、思もはん」

「あたりまえじゃ。そげなこッいまさら困る!! そら困る!!」

「おまえの両親じゃと名のってやりたいと、思もすときも、そりゃございもすが……」

「そら、そら。だからいかん、だから半太郎を近づけちゃ困るちゅのじゃ」

「いえけっして……桐野もわたしもいまさら、兄さまのご恩を踏みつけにするよう